転生赤ちゃんカティは諜報活動しています

～そして鬼畜な父に溺愛されているようです～

登場人物紹介
カティ・ユリ
公爵家に養女として拾われた。前世の記憶と訓練の結果手に入れた魔法で、スパイミッションを遂行中！
エドヴァルド・ユリ
王国の冷徹な宰相にしてカティの義父。はじめは「使えそう」という理由でカティを見ていたが次第に絆されて――？
レオ・グランデ
エドヴァルドの侍従。ちょっぴり苦労性。

ヨハンネス・ハハト
カティの祖父。
しかし、とある勘違いから
カティを誘拐して――!?
マルガレータ・アンティラ
アンティラ公爵令嬢。
エドヴァルドに歪んだ憧れを持つ。
ミルカ・ラフォン
優しく頼りになる魔術医。
カティの秘密を知っている。
ミンミ・モリエール
カティの専属メイド。
元気で愛情深い。

プロローグ

「とーたま。と、とーたま？」

「そうですわ！　エドヴァルド様がお喜びになられますよ！」

庭で齢《よわい》一歳半の可愛い女の子が日向ぼっこをしている。

ラグマットを敷いたベンチの上で、温かい日差しを浴びながらちょこんと座っている彼女の名をカティという。

カティはエドヴァルド・ユリ公爵の一人娘だ。エドヴァルドは、現在二十一歳ながら優秀かつ無慈悲で冷徹と称されるローベンス王国の若き宰相である。

そんな公爵に溺愛されていると噂のカティは、天使のようにかわいい赤ん坊だ。

ピンクがかった明るいライトブラウンの髪は日の光に煌《きら》めき、好奇心旺盛で明るい印象を見る者に与える茶色の目はぱっちりとしている。きめの細かい白い肌にピンクの可愛らしい唇を持ち、愛嬌もある。

そんなカティは屋敷中の人気者だったが、舌足らずな言葉らしい音を紡げるようになるとますます愛くるしくなり、可愛がられているのだった。

今も、侍女たちはカティに言葉を教えている。

カティは覚えたての言葉を一生懸命に披露していたが、ふいに庭の綺麗に剪定された低い生垣の向こうに目を向けた。

先ほど会ったばかりの二人の紳士に、カティは無邪気に手を振る。

「あいあ～い」

執事に先導されて門に向かって歩く二人も、カティに気がつくと笑顔で応え、遠ざかっていく。

その姿を見てまた侍女たちが顔をほころばせた。

「まあ！　きちんとご挨拶が出来るなんてすばらしいですわ、カティ様」

「カティ様は天才ですわ。エドヴァルド様がお喜びになりますよ！」

皆に褒められたことが分かるのか、カティは嬉しそうに笑う。

「さあさあ、カティ様。涼しくなってきましたから屋敷に戻りましょうね」

新芽が吹き、花々がつぼみをつけるこの時期は昼間の日に照らされる間だけ暖かい。少し日が傾くとすぐにひんやりした空気が混ざり始める。

カティは、侍女のミンミに温かいお包みに包んでもらい屋敷に戻った。

屋敷に入り、廊下に下ろしてもらったカティはおぼつかない足で立ち、廊下の向こうに現れた姿に声をかける。

「とーたま！」

先ほど練習していた、とっておきの言葉。

侍女のマーサに手をつながれてよちよち廊下を歩いていたカティは、近づいてきたエドヴァルドに抱き上げられる。

しかし、愛娘から初めて「とうさま」と呼ばれたというのに、エドヴァルドはにこりともしない。

宰相エドヴァルドは冷静沈着で優秀な頭脳をもち、王宮でも社交界でも一目置かれている。しかしその反面、冷酷、冷血、無慈悲と恐れられており、あまりその表情が変わることもない。

エドヴァルドは無表情のままカティを抱っこして、執務室に入った。

執務室は、深いブルーグレーを基調としていて、落ち着いた雰囲気を醸しだしている。

この部屋でひと際存在感を示すのは、濃い茶色の艶やかなる美しい大きな執務机だった。

そしてその広い執務机の上には、そこには不釣り合いな可愛らしい籐《とう》で編んだ籠が置かれている。

エドヴァルドはクッションが敷かれた籠にカティを下ろすと――

「それで？」

と、冷たい声で聞いた。

すると先ほどまで侍女や客人たちに、にこにこと愛想を振りまいていたカティの表情がスッと消え、真面目な顔になったかと思うと流暢に話し始める。

「とう様、先ほど屋敷に来ていたお二人、リーカネン侯爵とキルッカ伯爵が黒幕っぽいです」

「ほう」

エドヴァルドは驚くことなく、真剣な表情でカティの言葉を聞く。

「とう様たちが出て行ったあと私を覗き込んで……」

カティも、真面目な表情で何があったかをエドヴァルドに語りだした。

エドヴァルドに面会に来た二人が応接室に案内されてきた時、カティもその部屋に寝かされていた。

二人——リーカネン侯爵とキルッカ伯爵は、最初のうちカティに友好的だった。

しかし、エドヴァルドが部屋をわざと立ち去った後、二人は即座に立ち上がって、ベッドに寝ているカティを覗き込んだのだ。

「こいつがあの宰相が溺愛しているという娘か。これで他の奴ら同様、宰相の動きを封じるのはどうだ？　奴隷法案の件、撤回させられるかもしれんぞ。くくっ」

「ああ。この娘を攫《さら》って言うことを聞かせた後は貧民街にでも捨てればいいだろう。公爵家の娘が貧民街暮らしとは愉快じゃないか。生きのびられるとは思えんが」

そう言って笑う二人に、その時のカティは何も分からないふりをしたまま、にこにこと笑みを返した。

——体にかけられたふんわりした上掛けの中で、こぶしをプルプル震わせながらだが。

「あやつら許すまじ!!」

カティは頬を目いっぱい膨らます。

現在、貴族の一部の中では孤児などを奴隷にして過酷な仕事を無給でさせたり、私的に奉仕させたり、鉱山でこき使ったりするなど、昔の悪《あ》しき慣習がまかり通っている。

それに対して、先日エドヴァルドはとある法令を提案したのだ。

罪人への奴隷刑は認めるが、それ以外の私的奴隷を禁止し、人としての尊厳を踏みにじらないようきちんと雇用契約を結ぶ法律だ。

真っ当な貴族は法案に賛成していたが、ある日から賛成派の貴族の家族が事件や事故に巻き込まれることが頻発した。

その後、意見をひるがえす貴族が増え、法案成立が危うくなっている。

そこに一部の、奴隷制が消えては困る者たちが絡んでいるとエドヴァルドは考え、調査を開始した。

そして捜査対象に浮かんだ者たちを、夜会や王宮、ときにはこうして公爵邸でカティが探っていたのだ。

残念ながら幼子であるカティの証言には強い力はない。しかし、後ろ暗い人間であることさえ確信出来れば、公爵位を持つ宰相であるエドヴァルドはある程度強引にでも彼らの捜査を行えるのだ。

カティの証言を聞いて、エドヴァルドは小さく頷いた。

「ふむ、よくやってくれた。その二人には身の程を知ってもらわねばならんな」

「はい。再起不能に毟《むし》ってやってください」

貧民街に捨てられると言われて怒りが収まらないカティは赤ちゃんにしか見えないが、エドヴァルドと流暢に話す。

それどころか、エドヴァルドの捜査に協力し、まるで諜報員《スパイ》のようだ。

しかし、エドヴァルドはそれに驚くこともなく、その成果を褒めカティを腕に抱き頭を撫でる。

そう、カティは、自身が小さい赤ん坊であることを最大限に利用し、いろんなところに潜り込んで情報収集をしている。

赤ん坊らしく寝たふりをしては、狭いところやソファの下に潜り込んだりして聞き耳を立てる。

時には堂々と相手に抱かれてきゃっきゃと愛嬌を振りまきながら、潜入捜査をすることもある。

万が一、見つかってもただの赤ん坊だ、泣くか笑うかすればいい。

警戒されることもなく、誰かに詳細に報告すると疑われることもない。

それで集めた大切な情報は、やり手の父エドヴァルドに報告する。そうすれば、恐ろしいほど頭の切れる宰相はそれを十二分に生かす。

数日後、リーカネン侯爵とキルッカ伯爵の後ろ暗い所業が白日の下にさらされた。

爵位を剥奪され、あっという間に両家は力を失った。当の二人は自らが好んでいた奴隷制度のもと、奴隷として一生鉱山で働かされることに決まった。

そして暴力を恐れ、脅迫されていた貴族たちの賛成票を得られ、奴隷禁止令が可決された。

○赤ちゃん諜報員、誕生

今代のローベンス王国の政治は宰相エドヴァルドのおかげで、腐敗せず正しく回っていた。

まだ若いエドヴァルドが宰相の地位にいるのは、その頭脳や地位だけではなく、魔法のコントロール、魔力量ともに優れていることも要因だ。この王国では国民の半数ほどが魔力を持っているが、エドヴァルドの魔力は類を見ないほど大きい。

エドヴァルドはその魔力と、公爵家で培《つちか》った手練手管をいかんなく発揮して、無能な大臣、不正を行っている貴族など情け容赦なく処分した。相当恨まれもしたが、忖度《そんたく》など一切なく、処分していく姿に恐れおののき、いつしかみんな真っ当に職務をこなすようになったのだ。

また、外交でもエドヴァルドの力は発揮され、周辺国とも協定を結んだり、友好関係を築いたりした結果、長らく王国では平和が続いている。

このようにエドヴァルドはこの国になくてはならない存在なのだ……と考えながら、報告を終えたカティは自室で銀のフォークでケーキを突き刺す。

（――そしてそんなエドヴァルドの活動を支えているのが私！　とう様に信用され、諜報活動を行っているスーパー赤ちゃんなの！　……まあ、ここまで来るには大変なことが色々あったけど！）

鬼畜の所業に耐え、様々な事件にも巻き込まれながらも頑張ってきた自分を褒めてやりたい。

カティは今回の活躍のご褒美ケーキを頬張りながら、ここに至るまでの経緯に思いを馳《は》せた。

§

カティがこの世界を認識し、エドヴァルドに出会ったのは一年以上前のこと。

目を開けた時、真っ白な天井と華美に飾られた柱が視界に入った。

(あれ？　ここどこ？　……病院？　こんな豪華な？)

起き上がろうとしたが、手足がバタバタするだけで、頭も持ちあがらず体が思うように動かない。

「うや〜ああ？」

なんで？　と、声に出したつもりなのに訳の分からない声しか出なかった。

(ど、どうなってるの⁉)

事故か病気で寝たきりにでもなってしまったのだろうか。

焦ってもう一度声を出そうと思った時、白い天井が映る視界に急に巨大な顔が現れた。

(ぬおうっ⁉)

びっくりして体が強張る。

すると、仰向けに寝ている自分を覗き込んだのはホワイトブリムを頭につけたとても大きな女の子だった。

「カティ様！　ああ、よかった！　エドヴァルド様に知らせてまいります！」

メイド喫茶のコスプレのような衣装を着た若い可愛い女の子が走っていく。

あのような看護師がいるはずもない。ということは病院ではない。となると、なおさら今置かれている状況が分からなくて、不安が募る。

(ちょっと待って！　何？　あなたは誰？　カティって誰～!?)

そう言ったつもりなのに、口から出る言葉はふにゃふにゃした音にしかならない。

そこで、何かがおかしいことに気が付いた。

よく見ると、先ほどの女の子だけではなく視界に入る窓や天井、柱も調度品も何もかもが大きい。

まるで自分がアリスにでもなってしまったようだ。

もう一度、恐る恐る体を動かして、手を目の前に持ってきてみる。

「ああ～！　や～!?」

(な、何このプニプニ!?　赤ちゃんの手～!?　まさかまさか……嘘でしょ!?)

呆然としていると、扉が開いた。

そして先ほど出て行った女の子とともに数名が入ってきて、こちらを上から覗き込む。

(こ、怖っ！　ちょ、ちょっと近いんですけど)

大きな顔が目の前を圧迫するように並ぶ。しかも全員がとんでもない美男美女ばかりだ。メイドさんが数人と、男性が二人。男性の一人は白衣を着ている。

(白衣？　やっぱり病院なの？)

しかし寄ってたかって見つめられると恥ずかしいことこの上ない。自分の平凡な顔の造形はよく分かっている。そんな自分をじろじろと見てくるなんて、なんの拷問、辱《はずか》しめであろうか。

「いやいうぇ」

見ないで、と言ったつもりがやはり言葉にはならない。

すると言葉を発したカティの姿を見て、メイドたちと白衣を着た男性は、ほっとしたような笑顔になった。しかしただ一人、ピクリとも表情を動かさない無表情男がいた。この中でひときわ見目麗しいその男は、すぐに興味をなくした様子になる。

「ミルカ、後は頼むぞ」

そう言って彼は部屋を出ていった。

（……誰か、何がどうなってこんなことになっているのか説明してほしいんですけど……）

自分のこの姿、現状にますます不安が募る。

自分の手を再び見ると、やはり可愛らしいぷくぷくとしたモミジのような小さな手だった。

（やっぱりどう見ても赤ちゃんの身体……なんでこんなことに）

眉をひそめて考え込んでいると、ミルカと呼ばれた白衣の男が診察を始めた。

体調のチェックをされた後、ミルカがカティの手を握る。

すると握られた手の平から、ピリピリと電流のようなものが流れてきて、思わず体が跳ねた。

「ごめんね、びっくりさせちゃったね。大丈夫だからね」

ミルカの声掛けに、カティははっきり縦に首を振った。

「……」

ミルカが一瞬目を見開いて「ぴりぴりしましたか？」と聞いてきたので再び頷く。

「……特別痛いところはありましたか？」

今度は首を微かに横に振って否と意思を示す。

(あれ、首を横に振るのはちょっと難しいかも)

まだ首が据わってないのかもしれない。

そう思いながら、じっとしているとミルカはカティの額に触れた。

「……。カティ様、ちょっと失礼いたしますね」

冷たい手の平だなあと思っていると、頭の中に何かが侵入してくるような気持ち悪さを感じた。

(うう……なんか怖い……！)

「や、あ！」

思わず強く拒否するように、首を振るとミルカの手が額からパンとはじかれた。カティの力など大したものではない。自動的にはじかれたようにすら見えて、カティがぽかんとする。

同様に驚愕した顔でミルカがカティを凝視していたが、何も言わずに扉へ向かう。

(ええっ？　ちょっと!?)

「ミルカ様!?」

残されたメイドも驚いたように声をかけたが、ミルカはすぐに出ていってしまった。

「――診察はどうだったのでしょうね。でも、カティ様が目を覚まされて良かったですわ」

「本当に。こんな可愛い子を手にかけようとするなんて信じられないわ」

「ましてや自分の子よ。ユリアンナ様がいくらエドヴァルド様に懸想《けそう》してたからって……我が子を害するなんて恐ろしい」

残されたメイドたちがそう言いながら、濡れたタオルで顔を拭いてくれる。

(ん〜、気持ちいい……。いや、そうじゃなくて!! まさかそんな……)

聞こえてきたその内容に驚く。

どうやらカティは、ユリアンナという母に顔を枕に押し当てられたらしい。

そして、エドヴァルドという人物に命を救われ、先ほど目を覚ましたばかりのようだった。

殺されかけた記憶も、ユリアンナという名前にもエドヴァルドという名前にも聞き覚えはないけど……

(……私……「お母さん」に殺されかけたの?)

カティはひどくショックを受けた。

同時に、昔のこと……自分の前世を思い出した。

その人生では、母が自分を生んですぐ亡くなったあとに、再婚するからと言って父に施設に預けられた。両親の顔も、家族の愛情も知らない人生だった。

それでも、母というものは無条件で味方であり愛してくれるものだと思っていたし、施設で育ってきた自分にとって、母というのは憧れで、恋焦がれるものだった。

施設では友達に恵まれたし、先生たちも優しくて幸せだったのは間違いない。

でも辛いことがあって布団の中で泣いている時には強く抱きしめてほしかった。大丈夫だと背中をさすってほしかった。熱を出して寝込んだ時に手を握ってほしかったし、悪いことをした時は叱ってほしかった。

当たり前にお母さんがいる子たちがうらやましくて、自分にもしお母さんがいればどんな生活だったのだろうといつも夢想していた。

（……あんなに切望していた『お母さん』に殺されかけたんだ。そっか、前はお父さんに捨てられたし、私ってどこにいてもいらない子なんだなあ……）

胸が痛くて苦しい。ポロッと涙が一つこぼれたのを皮切りに、涙が止まらなくなる。

急に火が付いたように泣き始めたカティを、メイドが慌てて抱き上げてくれたが、涙はまったく止まらなかった。

するとちょうどその時、先ほど出ていったミルカが、あの見目麗しい男を連れて部屋に戻ってきた。

「……泣いているのか？」

そう言うと、泣いているカティに無表情のまま男が手を伸ばす。

「それをよこせ」

「カ、カティ様をですか？」

メイドが戸惑った声で聞く。

「そうだ」

男が頷くと、メイドは恐る恐るカティを彼に渡した。

すると、男はカティを観察するように、ただ無言で見つめる。

その顔の近さに驚いたせいか、ぴたりと涙が止まった。

視界が明瞭になると同時に、男の顔がはっきりと見える。

(近い近い近い!! 顔面凶器級の男前が近い！)

光の加減で銀色にも青味を帯びたようにも見える黒髪に、青みがかった黒い瞳。意志の強さと冷たさを感じさせるような眉と涼しげな目、そしてスッと鼻筋の通った端正な顔立ち。

滲み出る威圧感と冷ややかなまなざしでさえ、その美貌をさらに引き立てている。

そんな恐ろしいほどの美形が至近距離かつ無言で自分を見つめるのだから、怖くて涙も止まるというものだ。

周りにいたメイドやレオたちは泣き止んだカティに驚いたように顔を見合わせている。

こんな無表情で温かさの欠片《かけら》もないこの男に抱っこされて泣き止む要素がどこにあるのかとびっくりしたのに違いない。

「ミルカ、これの魔力は測定出来るか？」

「神殿か王宮の魔法宮に行けば測れます。エドヴァルド様であればいつでも……」

「内密にだ」

「そうなりますと……」

硬直している周囲もカティも放置して、エドヴァルドとミルカが会話をしている。

二人の話を聞いて、今自分を抱っこしている恐ろしいほどの男前が、エドヴァルドという名前だとカティは理解した。

しかしそんなことよりも！

二人の会話のなかに聞き捨てならない言葉を耳にしたカティは、衝撃を受けた。

（魔力測定！　魔法宮!!　こ、これは流行りの異世界転生とかいう……）

ようやく自分の身に起きたことが分かった。いや、ありえないとは思うけどそれしか説明がつかない。

よく考えれば、部屋の装飾、皆の衣装や姿、名前にいたるまで慣れ親しんだものではない。

それに魔法まであるとなると、異世界にしか思えなかった。

自分は何らかの事情で亡くなり、この体に転生したのだ。

——この魔法のある世界に。

（おおっ!!　もしや私も魔法が使える⁉　不思議な力で街中に夢と希望を振りまける⁉）

母に殺されかけた事実は確かに重くて辛い。しかし、幸いにも事件のことは丸々記憶にない。

傷つきはしたけど、母親の顔も知らないせいでどこか他人事《ひとごと》のようでもある。

しかもおそらくそのおかげでこの前世の記憶が戻ったのだ。魔法の世界への転生というビッグニュースの前には、顔も知らない母のことなんて、カティにはどうでもよくなっていた。

（変身したり、空を飛んだり、瞬間移動とか出来ちゃったりして！）

ニヨニヨ笑っていたら、美しいブルーブラックの目と目が合った。

思わず、すっと視線をそらす。

「なるほどな」

何か意味ありげにつぶやくエドヴァルド。

(な、何がなるほど？　恐いんですけど……)

何も悪いこともしていないし、バレるはずもない。それなのに、エドヴァルドの鋭い視線にさらされるとドキドキしてくる。

(そもそもこのエドヴァルドとかいう人は何者？　お父さんではなさそうだし……お母さんとはどういう関係？　これからどうなるんだろ……)

カティは一人で考えを思いめぐらしていると、またエドヴァルドがミルカに言った。

「誰にも悟られずに魔力測定をしたかったのだが」

「……そうですね、カティ様は特別な力をお持ちかもしれませんから、あまり知られるのは良くないやもしれません。私も自分の魔力が弾かれるなど初めてのことです」

(ん？　私に特別な力ですと？)

カティは思わずにやける。

すると、そんなカティを横目で見ながら、エドヴァルドは恐ろしいことを言う。

「魔術医のお前の魔力が弾かれるか……。それが発覚すれば、魔法宮で研究対象として人体実験されるかもしれぬな」

「そうですね、彼らは魔法の研究となると周りが見えなくなりますからね。少々倫理感も欠けておりますし」

「ひぇ⁉」

エドヴァルドとミルカの恐ろしい言葉に思わず体がびくっと震え、声が出てしまった。

その声にエドヴァルドの視線がカティに向けられる。その目は明らかに、カティを愛らしい赤ちゃんだと思っているようには見えない。

（ううう……人体実験なんて冗談じゃない。あ……赤ちゃん。私は普通の赤ちゃん！）

そう思いつつ、親指をちゅぱちゅぱ吸ってみた。

（ね？　ね？　何の変哲もない可愛い赤ちゃんだから‼）

指を吸いながらエドヴァルドをちらっと見ると、また目が合ってしまって、慌ててそらす。

な、なんか怪しまれている？　これはもう何が何でも全力で普通の赤ん坊になりきらないと。

人生最大のピンチ！　恐ろしさに顔を引きつらせながらも、必死で無邪気を装う。

初めは、エドヴァルドは確実にカティに興味なんてなかった。魔術医に何を聞いたのか知らないけど、このまま捨てておいてほしい。そして両親がこの世界でもいないのだとしたら、このままどこか施設とか警察とか乳児院とか……そのようなところへぜひともお預けいただきたい。

ドキドキと沙汰を待っていたが、やがてエドヴァルドにベッドの上に寝かされ、上掛けをかけられる。これは必殺赤ちゃん返りが功を奏したかと、名演技を自画自賛しホッとしたのもつかの間。

「これは私の娘とする」

エドヴァルドの悪魔のような宣言が聞こえた。

（え？　いやいやいやいやいや‼　お父さんじゃないんでしょ⁉　じゃあわざわざお父さんになってく

れなくていいから!!　どこかの施設に連れて行ってくれていいから！）

驚愕すると、ミルカが反対してくれていた。

「エドヴァルド様!?　あなたはまだ婚約者も決まっていないのですよ!?　それなのに子持ちなどになってどうするんですか！　ますます縁談が進まないではありませんか！」

その言葉にエドヴァルドが頷く。

「それはいい」

「よくありません！　いくら弟君のお子様だとしてもカティ様はしかるべきところへ養女に……」

その言葉を聞き逃さず、カティは自分の現状を推測する。

（弟君？　じゃあこの冷徹無表情は私の伯父さんってことか。……本当のお父さんはどうしたの？　また捨てられちゃったのかな？　うう、今回の人生も家族運が……）

カティの目にほんのり涙がにじむ。が、このままここにいて秘密がばれて、人体実験の被験者として売り飛ばされるよりはましだ。どこにでも養女に行きます！　ミルカとやら、頑張ってくれたまえ。と声援を送っていたのだけれど――

「カティは私の娘とする、決定事項だ」

「……承知いたしました」

結局ミルカは頭を下げた。

（……負けやがった）

こうしてエドヴァルドという見目麗しい父ができ、カティは公爵令嬢になったのだった。

それからカティには、広い部屋が与えられた。そして専属侍女のマーサとミンミに乳母、そして護衛までつくという御大層な扱いを受けている。

どうしてそこまで……と思うけれど公爵令嬢なら普通なのかもしれない。

でも、もし『普通』ではないと分かったら、魔法宮とやらに連れていかれてしまうかもしれない。

だからカティはいつもニコニコ笑って、無邪気にふるまった。

そうすればみんな可愛がってくれるし、赤ちゃんが聞き耳を立てているとは思いもしないから、お世話をしながら色々話してくれる。おかげで大体の事情を知ることが出来た。

どうやら、カティの父は仕事中に亡くなったようだった。

捨てられたのじゃなくてよかった、とひそかにほっとする。

それで残された母がカティを連れて公爵邸に助けを求めたそうだ。その後の経緯はよく分からなかったけれど、二人になってカティが邪魔になった母が、カティを殺そうとしたところを伯父さん――エドヴァルドが助けてくれたという。

カティが生まれたばかりの時は、エドヴァルドはいつも無表情かつ無口でとても冷たく、一切カティにも興味がなかったらしい。

けど、子供を殺そうとする残酷な母親の娘を放り出さずに養女にしてくれたのだから、優しいところもあるのかもしれない。

ただ使用人たちの間でも、あのエドヴァルド様が……と驚かれているのを見ると、やはりカティを引き取ったことにも裏がありそうで気を引き締めている。

使用人からも恐れられる冷血漢に前世の記憶を持っていることがばれるわけにはいかない、とカティは内心で拳を握った。

ただでさえ、普通じゃないとか魔術医が言っていたのに、どんな目に遭うか分からない。

魔法宮につれていかれるならいい方かもしれない。最悪、気味が悪いと処分なんてことも……駄目だ、絶対にばれたらダメだ！

——そうは思っていたが、じっと赤ちゃんの振りをして過ごすには限界があった。

せめて人目のない所では自由に動いたり話したりしたいのだが、まだ寝返りでさえ上手に出来ないのだ。カティはまだ生後五か月で、自由自在に動けるほど身体が出来ていなかった。

そこではたと思った。

言葉を知っているのに上手くしゃべれないのは、顔や舌の筋肉が未発達でうまく使えないからじゃないの？　と。

そこで、メイドが下がったあと、毎晩一人になると、カティは夜な夜な口を大きく開けたりすぼめたり膨らませたり——そして舌を回したり上下に動かしたりと運動をし始めた。

それに試行錯誤しているうちに、スローテンポで言葉がはっきりしている童謡が一番練習になると分かり、夜な夜な童謡を歌う日々だ。

今日は「大きな木の下で遊ぶ的な歌」にしようと決めて、暗い部屋でぼそぼそと歌う。

一人カラオケは言葉のトレーニング兼ストレス発散にもなり、とても楽しい。

「おおきな、くいのきのちたで……」

気持ちよく歌い始め、続きはどんな歌詞だったっけ？　と、目を開けると目の前に麗しいお顔がドアップで迫っていた。

「ひいっっ～⁉」

「おい」

「はいぃ！」

暗がりに突然現れた犯罪級の美しいお顔――エドヴァルドに、思わず返事をしてしまう。

「……ふむ」

すると何か納得した様子のエドヴァルドに抱き上げられ、そのまま部屋の外に連れていかれる。

（だれか～！　人攫《さら》いよ。乳母たち！　こんな時のために隣にいるんじゃないの⁉）

心の叫びを誰も受け取ってはくれず、カティはおとなしく連れ去られるしかない。

（やっぱり！　処分だ……こんな夜中にこっそり連れ出すなんて……このままどこかに捨てられていなかったことにされるんじゃ……）

最悪の事態を想定して震えていたが、カティが連れてこられたのはエドヴァルドの寝室だった。

そのままエドヴァルドのベッドに寝かされる。

なんのために？　と考える間もなく、ベッドの隣に置かれた椅子に腰かけたエドヴァルドから恐怖の尋問が始まった。

「――聞きたいことがある。まず、お前は私の言葉が分かるか？」

（はい、というのが正解なのか？　赤ちゃんのふりをしてとぼけるのが正解なのか？　……不気味だと思われたらそれこそ人体実験コースか人知れず処分コース！）

よし、とぼけよう！　とカティは視線をそらしたが。

「とぼけるなよ。お前が言葉を理解しているのは分かっている」

エドヴァルドは視線から冷気を飛ばせるんじゃないかという冷ややかな目で、こちらを見据えている。

「……分かりまちた」

彼にはか弱い赤ちゃんを愛《め》でる心はないと悟り、観念した。

しかしエドヴァルドは、カティが言葉を理解しているのは分かっていると脅してきたくせに、実際に返事をすると、眉根を寄せてカティを睨みつける。

同時にエドヴァルドの右手が白く光った。

(怖い怖い！　手、光ってるよ！　攻撃する気満々に見えるんですけども!?)

「お前はなんだ？　魔物か？」

「ち、ちがいましゅ…た、たぶんだきぇど…」

「本当に赤ん坊か？　生まれたばかりで言葉を解し、状況の把握も出来ているようだ。普通の人間ではあるまい。我が公爵家を狙うものは多い、謀《はか》るなら赤ん坊と言えども容赦はせぬ」

エドヴァルドの目が鋭くなり、右手の光も強くなる。心なしか部屋の温度も下がってきている。

エドヴァルドにとって害になると判断されたら即、やられるかも。

とにかくここは一つ、無害をアピールせねば。

そう判断したカティはなんとか目線を上げて、エドヴァルドに言い募る。

「あにょ…たぶん…むかしのきおくが…あるだきぇでちゅ。しょれ以外はいたいけなただのかわいいあきゃちゃんでしゅ」

「昔の記憶？　どういうことだ、説明しろ」

この美しくも恐ろしい義父は、カティに先を促す。

どうやら、カティの言葉に興味を持ってくれたようだ。少し身の危機が遠のいたかもしれない！

カティはそこから必死に説明する。

あまり細かいところまでは覚えていないが、この世界とは異なる世界で十六歳くらいまでは生きていた記憶があること、気がついた直後からこうだったので自分でも何がなんだか分からず、悪意も企みもないということ。

それらを猛アピールし、判決を下される気分でエドヴァルドの返答を待つ。

すると、それに納得したのか、エドヴァルドから人を射殺すような視線はなくなり、右手の光も消えた。何かを考えるように視線を下に落としている。

（た…助かったのかな……？）

寿命は大いに縮まったが、とりあえずの身の危険は去ったようだ。

エドヴァルドはしばしの沈黙の後、カティに向き直る。

「ところで何をしていた？」

「早くしゃべれるように鍛えていまちた。でもばりぇたらいけにゃいからこっそりとれんしゅうちてまちた」

エドヴァルドはカティから目を離さないまま、何かを考えているようだった。

(怖いんですけど……)

男前が無表情で無言でいるだけで、こんなに怖いものだと知る。

ドキドキしながら待っていると、エドヴァルドが不意に口を開いた。

「――これからは私がお前の話す練習に付き合ってやろう。代わりにお前のこと、お前の世界のことをもっと聞かせてもらおうか。お前も話す相手が出来て嬉しいだろう」

そう言われると、何も言えなかった。生殺与奪権をがっちり持つ、父になった男に否《いな》と言えるわけもない。魔法宮に売り飛ばされないで済むようだし、一番の保護者が強い味方になるのは悪いことではないはず。

「……よろしくおねがいしましゅ」

こうして、カティの誰ともしゃべれないストレスは、思わぬことで解消されたのだった。

翌日、すぐにカティの部屋はエドヴァルドの隣に移された。

命じられた使用人たちは手際よく作業を進めているが、その顔には戸惑いの表情がありありと浮かんでいる。

今まで、エドヴァルドはカティにそこまでの興味を示さなかった。それが突然隣の部屋などと……

しかもエドヴァルドの隣の部屋は、本来エドヴァルドの妻のために用意されている部屋なのだ。

内扉でつながっていて、自由に行き来ができる。

「エドヴァルド様、本気ですか？」

エドヴァルドの腕に抱えられて、慌ただしく動き回る使用人たちを見ていると、レオが驚いている声が聞こえてきた。

レオはエドヴァルドの侍従だが、ほとんど秘書と言えるぐらい彼のそばでいろんな仕事をしている。

そりゃそうだろう、と移動を待つカティも頷く。

「カティ様のお部屋にはメイドや乳母、医師も含めて出入りが多いのです。警備上、問題が……」

「心配はない。結界を張っているし、心配ならば護衛を置けばよい」

「しかし赤ん坊は泣きますし大変かと」

「こいつは無駄に泣かない。ああ、夜は同じ寝室で寝かせるつもりだ」

カティを抱きながらてきぱきと指示を出す主人に、レオも執事も戸惑っているようだけど、一番戸惑っているのはカティ自身だ。

(同じ部屋で寝るなんて聞いてないんだけど⁉)

「エドヴァルド様と一緒の寝室で寝かせるおつもりですか？」

奇《く》しくもレオと思考が合致する。しかしエドヴァルドはあっさりと頷いた。

「心配ない。これに関しては私が面倒を見よう」

「あの……いったいどうして？　カティ様にあまり興味ありませんでしたよね？」

レオが不思議そうに聞く。

「まあな」

エドヴァルドは頷くとカティを両手で持ち上げて、わずかに口角を上げる。

そのわずかばかりの笑顔を見た使用人たちが驚くのにも気がつかず、カティは、赤ん坊らしからぬ引きつった笑いを浮かべたのだった。結局カティ用のベッドはエドヴァルドの寝室に運び込まれた。

そこに寝かされているカティは、最後の抵抗とばかり上掛けにもぐり込んでいる。

無言の抵抗という奴である。

「本当におとなしくて泣かない子ですね～、この子は」

布越しにレオの声が聞こえてくる。

「ああ」

「本当に二人きりで大丈夫ですか？　何かあればすぐお呼びくださいね」

大丈夫じゃない！　行かないで！　というカティの心の叫びが届くはずもなく。

ぱたんとドアが閉じる音で、レオが出ていったのが分かった。

「あの……じぶんのベッドで……やしゅみたいのでしゅが……」

レオが出て行ったとたん、エドヴァルドに抱き上げられ、カティはエドヴァルドのベッドに寝かされてしまう。逃走しようと身体を動かしたが短い手足がじたばたするのみで、いまだ寝返りも上手く出来ない。

その間にエドヴァルドがベッドに入って横になり、カティの方を向いた。

「この方が話しやすいだろう」

「そうでしゅけど……」

こんな顔面凶器のような美貌がドアップで目の前にあるのは精神衛生上よくない。

「さ、お前の世界の話を聞かせてもらおうか」

「きゅ、きゅうにいわれぇちぇも……エドファル…エドマル……うう……」

「舌が回らないか。お前は私の娘になったのだから父でよい」

「……おとうしゃま？」

「それでいい。今日から特訓は私が付きあう。しっかり話せるようになって色々聞かせてもらうぞ」

それから、カティが行っていた基礎練習に加えて、エドヴァルドとの訓練が始まった。

エドヴァルドが空中に灯《とも》した魔法の火をふうっと吹き消したり、エドヴァルドが展開した防音魔法の中で発声練習や童謡メドレーリサイタルを行ったり。

エドヴァルドが見せる魔法に驚き感動する間もないくらい、次々と練習メニューを示される。

そして、エドヴァルドの特訓の成果で、カティは生後六カ月にして会話能力を獲得した。

……ちなみに、エドヴァルドの特訓は言葉にとどまらなかった。

寝返りをグルングルンしたり、腹筋ならぬ頭上げ、可愛いあんよで自転車こぎをしたりなどなどこっそりやっていた自主トレを見つけられてからは、筋トレもどきも行っている。

(言葉の特訓は、ほんとありがたかった。私もお話しできる人がいてストレス減ったし。でもね、私将来アスリートになるつもりはないし。こんなに特訓する必要なんてないと思う!!)

今はエドヴァルドが魔法で出した空気の塊のような球体に支えなしで腰かけている。

頑張ってバランスをとるも、無理に決まっている。

ぐらんと球体が揺れたと思うと体が空中に放り出されかけては、見えない何かに支えられて、球体の上にふわっと戻る。

(魔法だ。すごい!! いや、ちがうっ)

やっと一人でお座りが出来る月齢にして、この仕打ちはどうなのだ。

魔法で守ってくれているとはいえ、ご無体なことだと思う。

しかし話したいし、自由に動きたいカティは必死でそれらの特訓に食らいつき、鍛えられた。

しかしご褒美にケーキを所望したところ、用意されたのはミルクに浸されて柔らかくされたパンだった。

ザ・離乳食!

「赤子に生クリームは駄目だそうだ、残念だったな」

(くっそう……鬼畜め)

時折、片方の口角がわずかに上がるだけの笑み。悪魔の笑顔にしか見えない。

さらに夜はゆっくり休めるかと思いきや、前世の話を要求される始末だ。

「今から本題だ。今日はお前の世界の街の整備について話してもらおう」

「はいー？」

「私がいなければ話し相手もおらず、つらいだろう。私はお前のためを思ってこうした時間をとっているのだが」

（鬼畜がっ……赤ん坊に無体を働く鬼畜がここにいますよ！）

そこはかとなく漂う冷気とともに、そう言いきられ涙を飲んで頑張った。

しかしその特訓のおかげで、七カ月を過ぎたころには高速ハイハイを手に入れ、ペラッペラに話せるようになったカティだった。


やがて、エドヴァルドの執務室の大きな机の上にはカティ用の小さな籠が用意されることになった。

「エドヴァルド様、さすがに執務中は……」

「かまわん」

レオが苦言を呈するが、エドヴァルドは取り合わず書類にサインをしている。

最近は、執務室にも連れてこられるようになったのだ。

カティの住んでいた世界の話をエドヴァルドは興味深く聞いてくれる。

魔法がなく科学という分野が発達した社会。その社会制度や法について、街の整備、教育、医療、経済など生活のあらゆる事柄に関心を向け、この世界にも生かそうと案を出しているようだ。

しかし、相変わらずエドヴァルド以外は、カティがそんなことを話すために執務室にいるとは知らない。つまりエドヴァルドがただ子煩悩になり、昼夜問わず愛娘を連れ歩いているようにしか見えないのだ。

「私には無関係の赤子だ。私の視界に入れるな」と言い、もともと他人にあまり興味を持つことのなかったエドヴァルドの言動の変化に、レオをはじめ執事もメイドも驚きを隠せない。

あの赤ん坊の何がそこまで気に入ったのか、あの事件からこれまでにエドヴァルドにどんな心境の変化があったのだろうかと首をかしげる。

しかし、疑問に思いながらも当主にも人間らしい感情があったことにほっとし、過去を知る者はエドヴァルドが感情を取り戻したことを喜んでいた、と後にカティは知ることになるのだが——それはまだ未来の話だ。

さて、そんなふうに公爵家に馴染みつつあるカティに悩みが一つあった。時々高熱が出ることだ。

執務室に行くようになってから数週間後、カティは頭の痛みと高熱とでぐったりしていた。

子供が起こす急な発熱とは違い、薬で楽にもならない。

カティがベッドでぐったりとしていると、誰かが額を冷やしてくれる。わずかに目を開けると侍女のミンミが泣きそうで心配そうな顔をしてカティの額に手を当ててくれていた。

(しんどい時に側にいてくれる人がいる……)

ミンミの手が離れていきそうになったのを感じ、思わずカティは手を宙にさ迷わせた。

するとひんやりと気持ちのいい手でカティの手を包んでくれる。

（お母さん……）

カティは安堵感に包まれ、嬉し涙を一つ落とした。

しばらくして連絡を受けた魔術医のミルカがやってきた。

ミルカは、カティの症状を魔力過多とコントロールの困難だと診断した。カティはその身に大きな魔力を宿しているが、体内の魔力をうまくコントロールできないようだ。有り余る魔力を上手く放出できず、体の中で魔力が暴れまわるため不調をきたすようだ。

エドヴァルドが魔力コントロールの指導をしたが、カティには天才型のエドヴァルドの言うことがさっぱり分からなかった。エドヴァルドはエドヴァルドで、幼少期から苦労することなく魔力のコントロールが出来ていたらしいので、カティのことが理解できない。

そのため、魔力に関することはミルカに助けてもらっているのだ。

それからはカティに魔力過多の症状が出た時は、魔力が外に出るようにミルカが誘導してくれるようになった。そうすると行く当てがなくて暴れまくっていた魔力が出ていき、熱も下がり元気が戻るのだ。

「カティ様、怖くないですからね」

そう言ってミルカはカティの額に手を当ててカティの魔力を引き寄せ、体内に流れを作ってくれる。

「あいー」

すると徐々に荒い息が落ち着いていく。

これを何度か繰り返していくうちに、ミルカの治療とエドヴァルドの特訓で身体も強くなってきたこともあり、魔力の暴走頻度が減ってきた。

そして、カティの体調が安定するのを待っていたように、エドヴァルドは屋敷内だけではなく王宮にもカティを連れていくようになった。

レオをはじめ、執事や乳母など皆が止めたが、エドヴァルドは王宮の宰相に与えられた部屋に小さなベッドを設置したのだ。

驚き慌てたのは公爵邸の者だけではない。王宮にいる者たちもみな目を疑った。あの冷徹な堅物のエドヴァルドが、赤ん坊を腕に抱いてあちらこちら連れ歩いて見せている。

しかし誰も恐ろしくて、尋ねることも咎《とが》めることもできなかった。

その話は国王にまで伝わり、好奇心が抑えられなかった国王はエドヴァルドの執務室を訪れて驚くことになった。

「エドヴァルド、最近どういう風の吹き回しだ?」

「何か?」

「何か? じゃないだろう。お前が赤子を溺愛しているとなれば皆驚きもするだろう」

腕に抱いている赤子をあやしているように見えるエドヴァルドは、不審そうに眉をひそめる。

カティもエドヴァルドの腕の中で、むっと唇を尖らせた。

(まったく欠片《かけら》も溺愛はされていないけど。はたから見れば溺愛しているように見えるのかもしれ

ない、この鬼畜が）

周囲からそう思われているなんて、冷静沈着を貫いてきたエドヴァルドにとってさぞかし、恥ずかしいことだろう。と、カティは思わずにやける。

しかし、エドヴァルドは平然とした顔でカティの方を向く。

「別に溺愛などしておりませんが」

エドヴァルドの返事に同意するかの如く、カティはこくこくと首を振る。

「これだけ腕の中に抱いて、連れまわしているのにか」

その様子を凝視する国王から隠すように、エドヴァルドがさりげなく体勢を変えた。

「これを溺愛と呼ぶのですか？」

国王陛下はため息をついた。

「……お前のその姿を見て、また縁談の話が増えたそうだな」

「カティと縁談になんの関係があるのだか。迷惑しておりますよ」

（いやいやいや！　とう様、まさか全然分かってなかったの!?）

カティは使用人たちの言葉に耳を澄ましまくり、またエドヴァルドに連れ歩かれている間も聞き耳を立てているおかげでなんとなく現状を把握していた。

以前から、周りの貴族たちは、高位貴族でかつ容姿・能力に申し分がないエドヴァルドに自分の娘を嫁がせたいと躍起になっていたようなのだ。

しかし、本人に全く結婚への興味がなく、容赦なく縁談を断り続けるため、ほとんどの者が諦めていたようだ。しかしこのところのエドヴァルドが娘を溺愛する様子を見て、今なら妻を娶《めと》るのではないかと周辺貴族は沸き立っているそうだ。

（幼い私のために母親が必要だろうと持ち掛ければ、とう様が頷くとでも思ったのね、浅はかな。とう様をそんじょそこらの冷血漢だと思ったら大間違いなんだから。血も涙もない悪魔なのよ！）

カティはエドヴァルドの冷たく整った顔を見ながら、涙の特訓を思い出す。

エドヴァルドもカティの視線を受け止めつつ、カティの頭を撫でる。

「まあいい、お前はお前で安心した。しかしはたから見るとお前が溺愛しているようにしか見えない、娘がお前の弱点に見えるということだ。気をつけた方が良い」

「心配いりません。これに手は出させません。これは私の物ですから守りますよ」

しれっと答えたエドヴァルドに国王が生ぬるい視線でぼそっとつぶやいた。

「それを溺愛と言うのだがな……」

その間、国王の視線から隠すようにエドヴァルドの腕の中に抱きこまれていたカティは、プク～と頬を膨らませていた。

（ええ、ええ！　溺愛などされておりませんとも!!　溺愛なんて滅相もない！　あれは王宮内の間取りを覚えろというミッションを課されていたのです！　この男は鬼畜なのですー!!）

そう心で叫びながら、カティが首をブルンブルン振ろうとすると、エドヴァルドが頭を撫でる――ふりをして思いきり頭を動かないように掴む。

（本当に鬼畜だな！）

国王が去った後、カティはか弱い赤ん坊への仕打ちに抗議した。

しかし、エドヴァルドは表情のない冷たい目でカティを見て、

「なるほど、お前は赤ん坊の身で言葉を理解する特別な者だと陛下に知られて良かったのだな。私はお前を魔法宮行きから救ったつもりであったのだが……。仕方がない、今から陛下の元に――」

「うわあ、とう様ありがとうございます!! とう様の心遣いに感謝しております! これからもよろしくお願いします!」

結局カティはエドヴァルドにひれ伏したのだった。

§

「そうか、王宮の間取りや警備の配置。主要な者の顔と名も覚えたか。よく頑張ったな」

「えへへへ」

そんな風に、王宮に連れていかれる日々が続いたある日、珍しくカティはエドヴァルドに褒められた。

「お前が迷子の時や、何かあった時のために王宮内のことを知っておくに越したことはない」

そう言って、エドヴァルドに頭を撫でられて、思わず顔がほころぶ。

それを聞いて今回は、本当に自分のことを心配してくれていたのだと嬉しくなったのだ。

しかし、エドヴァルドはそれからこのように続けた。

「随分動けるようになったことだ、誰かが不審な動きをしたり、不穏な発言をしたりした時は私に知らせるように」

「ん？」

「お前は無邪気に色々なところに入り込んでも咎《とが》められぬ。そこで偶々《たまたま》見聞きしたものを父親の私にただ世間話として話せばよい。緊急の時は伝令魔法を飛ばせ」

（あれ？　さりげなく仕事させられてない？　しかも伝令魔法って、万が一、可愛いお前の身に何かがあった時にすぐに助けを求められるようにと教えてくれた奴よね。それこそ血のにじむような練習をさせられて……）

最初からこう利用するつもりだったとは、さすが鬼畜。深謀遠慮がすぎるな！　とカティはうなだれたのだった。

ちなみに伝令魔法とは、伝えたいことを魔法に乗せて相手に届ける魔法だが、カティはまだエドヴァルドにしか届けることが出来ない。というのも、特定の相手を狙って伝令を送ることが出来ないのだ。

宛先不明のカティのフヨフヨした伝令を、エドヴァルドが自らの魔力で感知して引き寄せる。そんなエドヴァルドの能力が高いからこそ、成立した魔法だったがエドヴァルドはご満悦だ。

いつも通りの無表情ではあるが、カティには分かる。

カティの能力の低さでさえうまく利用するどこまでも恐ろしい鬼畜。

カティはふ～っとため息をついた。

「……やられた」

「何をだ？」

エドヴァルドの美しいお顔がカティの方を向く。

「いえっ！　まるでスパイのようだなと思いましてっ」

やけくそだ。

「すぱい？」

「ええと、私の国の言葉です。諜報員と言うか…」

「まさか。そんなことを可愛い娘にさせるわけはないだろう。あくまでもお前がたまたま見聞きしたことを世間話として私に話すだけだ」

(なんという詭弁！　おそろしい策士め！　でも……)

現状、エドヴァルドとしか話すことが出来ない毎日。動けるようになったと言っても人前では赤ちゃんらしく振る舞い、じれったい退屈な毎日。

(でもスパイ！　忍者！　ワクワクするかも！)

「分かりました、とう様。このかげろうカティ。美貌と愛らしさを駆使して情報を集めてまいります!!」

なんだか冷たい視線が刺さる気がするけど、気にしない。

これからの楽しい日々にカティは胸をワクワクさせる。

こうして、ここに赤ちゃん諜報員が誕生した、かもしれない。

○初めての夜会

カティが伝令魔法を覚えてから数日。王宮主催の夜会が開かれた。国王や王妃、王子たちも出席し、名だたる高位の貴族が招待されている夜会に、カティもエドヴァルドに連れて来られていた。

正装に身を包んだ気品に溢れるエドヴァルドが、黄色いドレスで可愛く着飾った自分を腕に抱く姿が若干シュールだな、とカティは思う。

夜会には初参加だ。

エドヴァルド曰く、これは諜報活動の第一歩だそうだ。

はたしてカティにそんなことが出来るのかも分からないが、エドヴァルドに言われるがまま軽い気分でやってきた。

さて、周囲を見回すといつも参加しないエドヴァルドが来ていることに多くの人間が驚いている。

年頃の娘を持つ貴族たち、またその娘たちがさっそくエドヴァルドとカティを囲んでいた。

「ユリ公爵、ごきげん麗《うるわ》しゅうございます」

初めに進み出たのは、二人の男女だ。カティはエドヴァルドの腕の中で二人の名前を思い出す。

男は、サンダル侯爵――宮中で顔を合わせることもある大臣だ。

「そしてこちらは私の娘、エドナでございます。娘は貴族学院でも優秀との判定をいただいておりましてね、高位貴族として申し分のないマナーや教養を身につけております。まだ婚約者はおりませんが、すぐにでも夫を支えるだけの事は学ばせておるのですよ」

紹介されたエドナは父親の横で、綺麗な礼をとり挨拶をする。

「ユリ公爵様、初めまして。サンダル侯爵が娘エドナでございます。本日はお会いできて光栄でございます」

エドナは、頬を染めてエドヴァルドを見るが、エドヴァルドは一度頷くと、無表情で告げた。

「うちの娘も紹介しておこう。これが容姿端麗で神から英知を授けられたカティだ」

美しいエドナに社交辞令としての言葉もかけず、一切心のこもっていない声でカティを褒める姿に、カティは遠い目になる。

(とう様……無理して褒めてくれなくていいんだけど。逆に傷つくから)

しかし実は、ここぞとばかり自分の娘を褒めて暗に婚約者へと勧めてくる大臣に対して苛立ち、見た目だけの令嬢とは違い、大変な知識を持ったうえに頑張り屋のカティのことをエドヴァルドが本当に褒めていたとはカティは知らない。

「本当ですわ！　わたくし、こんなかわいらしいカティ様のお世話をしたいですわ！」

侯爵令嬢はそう言いながらもエドヴァルドの顔だけを見て、カティには見向きもしない。

令嬢の言葉にサンダル侯爵も相好を崩した。

「おお、それはいい。ユリ公爵、娘は小さな妹がおりまして子供の扱いに慣れております。役に立つと思いますのでカティ様のお役にお立てください」

「必要はない」

しかし、エドヴァルドは愛想笑いどころか表情一つ変えず、冷たく言い放つ。

「ですが、お父様だけではお寂しいはずですわ。宰相のお仕事でお忙しいでしょうし、私が遊び相手になりますわ」

侯爵令嬢がその冷たさにめげることなく言い募る。

「カティが寂しいとでも言ったのか？」

「い、いえ……」

冷たい声で切り捨てたエドヴァルドに親子はさすがに失敗を悟ったのか、そそくさと撤退していった。そういう人間が何人も続いた。

その合間を縫ってエドヴァルドがカティの耳元で囁く。

「カティ、覚えたか？　初対面でお前の母になりたいなどという愚か者とは付き合う必要はない。私がいないときに接触があっても無視していいからな」

「あ〜あ〜」

（いやいや、私をダシにみんなとう様の妻になりたいだけですよ。私の母になりたいなど誰も思っていませんから。しかしこんな冷血鬼畜なのに……モテモテ。どこがいい？　顔だけ？）

赤ちゃんの振りをして返事をしつつ、カティはじっとエドヴァルドの顔を見つめる。

まあ、確かに顔だけは良い。でも、世の中のお嬢様方、顔だけを見てとう様に近寄ると大変な目に遭いますよ……などとお知らせした方がいいのではないかとカティが考えていると、また別の令嬢がエドヴァルドに挨拶をする。

「エドヴァルド様、ご無沙汰しておりますわ」

そう声をかけてきたのは、マルガレータ・アンティラ公爵令嬢だった。その黄金に輝く髪に映える深い青色のドレスをまとって、優雅なしぐさでエドヴァルドに挨拶をする。

「アンティラ公爵令嬢、久しぶりだな」

「まあ、他人行儀ですわ。以前のようにマルガレータとお呼びくださいまし」

すると、今まですべての相手に目礼しかしてこなかったエドヴァルドがわずかに頭を下げて、彼女を見た。

カティは、これまでの令嬢に対する態度とは少し違うエドヴァルドに目を輝かせる。

（まあああまあ！　これはこれは！）

たとえ氷のように冷たいとか、心がないとか、残虐非道だとか、赤ん坊に現《うつつ》を抜かす愚か者だとか（カティ調べ）言われていても、それはそれ。お年頃の青年なのだから色恋の一つや二つはあるだろう。

常に澄ました表情で、カティに特訓を強いてくる冷徹鬼畜のエドヴァルドの桃色な予感にカティはワクついた。自然、目がキラキラしてエドヴァルドとマルガレータの会話に耳を澄ましまくる。

「この子が話題のカティ様ですのね。常におそばに置いていると伺っていましたが……」

マルガレータは、とても美しい笑みを浮かべてエドヴァルドに抱かれたカティを覗き込む。

「ああ。これといると退屈しないからな」

エドヴァルドは少し口角を上げる。

そんなエドヴァルドのいつにない対応に、カティはついにやにやしてしまう。

「まあ。カティ様をよほど愛してらっしゃるのですね。うらやましいですわ」

（いえいえいえ、そんなこと全然ありません。こいつは鬼畜です。小さい私に鬼のようなスパルタ教育。最近は諜報活動まで加わりました。騙されてはいけません！）

思わず、カティは「騙され……」と言いかけ、思いきり冷たい目でエドヴァルドから睨まれ、スッと口を閉じた。

「あら、もうお話しできるのですか！　これから楽しみですわね、エドヴァルド様。少し私に抱かせてくださいませんか？」

これまで、専属侍女であるマーサとミンミ、乳母、レオ、ミルカ以外に抱かれたことはなかった。ましてや初対面の人間に預けられたことなどない。しかしエドヴァルドはすっとカティをマルガレータに渡した。

（おお～！　これはいよいよそういうことですよ！）

自然に頬が緩み、カティはニヨニヨ笑って美しい令嬢を見つめる。

「まあ、笑ってるわ！　なんてかわいらしい！」

その姿を周りがうらやましそうに見ている。溺愛しているカティを抱かせているということは、マルガレータが信用されており、エドヴァルドに一歩近づいている証だ。

「ふふふ、かわいいですわ～」

しかし、その声を聞いてぞくっとした。

マルガレータの笑顔、かわいらしい声、そのどこにもおかしなところはないのに、背筋が凍るような恐怖を感じる。

「ふ……あ～ん、うあ～ん」

――謀《はか》らずとも、勝手に怯《おび》えたカティの体が泣いてくれた。

「あらあら、お父様が恋しくなったのね」

マルガレータはあっさりエドヴァルドにカティを返してくれる。

エドヴァルドがカティを受け取ると、鬼畜の腕の中だというのに、まるで陽だまりのような温かさと強固な城壁に守られたような安心感に包まれて涙が出た。

「レオ、夜会を出る。馬車の用意を」

ぐすぐす泣くカティに目をやり、エドヴァルドはレオに告げた。

ほとんど泣くことがないカティが泣いたことにレオも驚いたようで、すぐに伝令が走っていく。

「失礼する」

「残念ですわ、また今度ゆっくりお話ししたいですわね」

マルガレータはエドヴァルドを見て微笑む。エドヴァルドは目礼をして、広間を出た。

馬車に乗り込んだころには泣き止んだカティだったが、熱が出ているようで身体が熱い。

ぐったりとしていると、エドヴァルドに背中をそっと撫でられた。

「カティ、大丈夫か」

「ん……」

その手の優しさにわずかに視線を上げる。

すると馬車の前の座席に座っていたレオがこちらを振り向いた。

「カティ様どうしたんでしょうか？　人も多かったですし、初対面の方に抱かれて驚かれたのでしょうか」

レオも心配そうにカティを見る。エドヴァルドはカティの様子を見て首を振った。

「いや、魔力暴走がおこったんだろう。少し反応を見てみたかったのだが……すまなかったな」

優しい手つきでカティの額の汗をぬぐう。

「反応を見るとは？　マルガレータ様に何か？」

「カティはクラウスの子だということだ。ミルカの手配を頼む」

「……かしこまりました」

レオは、何かに思い当たったように頷き、すぐにミルカに伝令を放った。

二人の会話を聞きながら、カティは目を瞑っていた。

エドヴァルドの温かさに包まれてほっとしたのもつかの間、今度は体中を何かがぐるぐる巡り、頭がガンガン痛む。体の中から何かがあふれ、爆発してしまいそうで苦しくてたまらない。

苦しさに限界を感じた時、馬車から降ろされて、ふいに額に冷たさを感じた。

そこから涼しい風が吹くように体の中の熱を吸い取ってくれる。爆発しかけていたものがどんどんその流れに乗って出ていくと、頭痛が少しずつ消えていく。

うっすら目を開けるとミルカが額に手を当ててくれていた。

（ミルカ先生……）

「……先生、ずいぶん楽になりました。いつもありがとう」

うつらうつらとまだはっきりしない頭でカティはなんとかお礼だけを伝え、そのまま目を閉じ眠りに落ちた。


「――エドヴァルド様……カティ様が一度目を覚まされたのですが」

困惑した様子でミルカがエドヴァルドに報告する。

「何かあったのか？」

「以前から会話を理解なさっているのではないかと思っておりましたが、先ほど……普通に会話を……」

「粗忽《そこつ》ものだな、あいつは」

「ご存じでしたか⁉」

エドヴァルドが平然と答えたことにミルカが目を剥く。あっさりとエドヴァルドは頷いた。

「ああ、あいつはここに来た時から私の言葉を理解していた。ミルカも言葉を理解しているかもしれないと報告をくれたであろう。あれから練習をしてすぐに、流暢に話せるようになった」

ミルカは驚いたように目を見開く。

「やはり……。しかし練習で赤ん坊が話せるようになるなど……。だから寝室を同じにしたり、いつもいろんなことを説明なさったりしていたのですか!?」

　これまでのエドヴァルドの不思議な言動にようやく合点がいったというようにミルカが頷く。

　エドヴァルドもそれを肯定してから釘を刺した。

「ああ。皆には内密に頼む。ただの赤子の方と思われているほうが利用価値が高い。それに公《おおやけ》になるとカティの危険につながりかねない」

「か、かしこまりました」

「それでカティは大丈夫か？」

「はい。魔力の暴走は落ち着きました。以前から不安定でしたが今日は何かございましたか？」

「いや、疲れただけだろう。カティの内情を知ったのならちょうどいい。これからは遠慮せず魔法の指導をしてやってくれ。話す相手がいないので喜ぶ」

「かしこまりました」

　こうしてカティの秘密を知る頼りになるメンバーが一人増えたのだった。

○カティ、初めての誘拐

　ミルカとの協力体制が敷かれるようになって数日。

　王宮で、カティの行方が分からなくなった。

眉間にしわを寄せたエドヴァルドが、執務机に肘をついて両手を組んでいる。

執務室はエドヴァルドから漂う冷気で冷え冷えとし、侍女と護衛はエドヴァルドの前で真っ青な顔色で立っている。もちろんすぐに王宮内を探させたがカティの行方がつかめなかったのだ。

「王宮内でこのようなことが起こると思いもせず、おそばを離れてしまいました……」

侍女と護衛は偽の呼び出しを受けており、計画的な誘拐であることが判明した。

二人が呼び出された後、部屋に戻るまでは十分ほど。その間に連れ去ることができるのか。

公爵家の使用人に偽の呼び出しができ、王宮内を自由にうろつける者、そしてエドヴァルドを快く思わない者――と考えて、エドヴァルドが瞠目する。

心当たりが多すぎて分からない。

考え込んでいたエドヴァルドだが、何かに反応したように身を起こすと、わずかに口角を上げた。

「レオ、カティは本当に退屈させないな」

「……悠長なことを言ってる場合ですか。何かあったらどうするんですか！」

「連れ去った以上、命をとることはないだろう。ただ、こんなふざけた真似をしてくれたものに礼をしなくてはな」

「それはそうですが……まだか弱い赤ん坊なんですよ」

「あれは心配ないだろう」

まだまだ魔力をうまく使いこなすことができないカティだが、泣き言をいおうが倒れかけようがそれだけは習得せよというエドヴァルドの脅しに屈したカティが手にした伝令魔法。

そのカティから無事だとの連絡が届いた。追ってまた連絡するとも。

伝令魔法を教えこんだ時は、ずいぶん不貞腐れていたが今頃感謝していることだろう。

知らず口元に笑みを浮かべ、エドヴァルドはカティからの次の連絡を待つことにした。

§

いっぽう、カティは慌てていた。今、カティがいるのはゆらゆら揺れている籠の中。籠の中に入れられて部屋の外に連れ出されたようなのだ。

エドヴァルドは決められた者以外にカティの世話をさせることはない。やけに顔の強張ったメイドだな、と思ったものの部屋に入ってきた以上は、仕事を任された人だろうと油断していた。

何が起こったか分からないが、攫《さら》われてしまった気がする。

(どうしよう。籠から出られるかな、話せることは内緒だし……出来ることが何もない!)

あんなに日頃色んなことを頑張っているのに、何も生かすことが出来ない情けなさにへこむ。

それでも必死に何か出来る事がないかとぐるぐる考え、伝令魔法を思い出す。

一生懸命に念じると、ぽわっと光の玉が目の前に出てきた。

(おお、これで鬼畜に連絡すれば、助けに来てもらえる……かも!)

カティの伝令魔法は不完全で、あまりに弱々しいため非常に魔力の強い人間にしか感知出来ない。

すぐさま、メイドに攫《さら》われたと伝令を飛ばそうと思って、カティは手を止めた。

（いや、ちょっと待って。気を抜くとすぐに特訓を追加してくるあの鬼畜に出来るところを見せつける大チャンスなのでは⁉　共犯者もいるかもしれないし、犯人の根城も特定したらあの鬼畜も私を見直すに違いない！）

なぜ誘拐されたかは分からないがエドヴァルドがらみだと思う。

エドヴァルドが一部の貴族に煙たがられているのは事実。もしその線だとすれば、この誘拐犯を突き止めることが、その貴族たちをやりこめる一手になるかもしれない。

そしてそうすれば、エドヴァルドがカティを見直すこと間違いなし！

そう思ったカティは、メイドに気がつかれないようにこっそり蓋を持ち上げて外を覗いた。

メイドは入り組んだ宮廷内の廊下を歩き、どんどん進んでいくが、エドヴァルドのスパルタ教育のおかげで王宮の間取りは完璧に把握している。

万が一、外に連れ出されそうになれば思いきり泣いて、周囲の視線を集めればいいだろう。

とりあえず無事であることと場所は後で連絡するということだけ伝令魔法をエドヴァルドに飛ばして、カティは目の前の景色に集中した。

たどり着いたのは、王宮の南側にあって現在使われていない部屋、茜の間だった。

室内に入ると、籠ごと誰かに手渡されたことが揺れで分かる。

「おとなしいものだな」

声からして相手は男のようだった。カティを手渡したらしいメイドがふっと笑う声がする。

「ほとんど泣くことがないと噂の姫です。そうじゃないとこんな危険なこと出来ませんよ」

「ではこいつを箱に入れてから、城からの積み荷に紛れ込ませて連れ出すぞ」

「まずは約束のお金をくださいよ、こちらだって危険な橋を渡っているんですから」

女の方は少し焦るように言った。

「ふん、強欲だな。金は終わってからだ」

「いいえ、先に渡してもらいます」

「信用出来ないのか？　我々は一蓮托生じゃないか。金は後で必ず払う。お前が金を持ち逃げして裏切られても困るのでな」

「そっちこそ、そんなこと言って裏切ったらどうなるか分かってますよね」

「はっ、脅す気か？　家族ともども無事でいたければさっさとやれ。お前などどうとでも出来るんだぞ！」

少し低く、明らかに本気と分かる声。その脅迫に女はしばらく黙りこんだようだ。

（これ……絶対男の方が裏切る感じよね……って、うわっ⁉）

そう思いながら、聞き耳を立てていたカティは急な揺れに慌てて籠の底に縋る。

どうやらメイドが、カティを取り戻そうと籠を引っ張ったようだ。

「お前っ、何するんだ！」

「誘拐させるだけさせて、最初から罪を擦《なす》り付けるつもりだったんでしょう！」

（ひゃあ～っ、あぶ、危ない！）

籠がぐらんぐらん揺れる。おまけに取り戻そうとした男と取り合いになっているようで、揺れがひどくなるばかりだ。

（ああ〜、もう無理……とう様助けて！）

さすがに密室でカティの入っている籠を持っていたら言い逃れも出来ないだろう。

カティは手の平に意識を集中させ、そこに『茜の間』という情報と、助けてという言葉を込めて、再び伝令魔法を飛ばした。

どうやってエドヴァルドのもとへ行くのか分からないが、カティが伝令を飛ばすと、強い魔力——つまりはエドヴァルドの魔力に向かって飛ぶようになっているらしい。

（ふう……）

伝令を飛ばして、少しほっとした直後、すごい衝撃がカティを襲った。

籠が落とされたのだ。蓋が開いて外に放り出されたカティは二人の罪人を見た。

（サンダル侯爵……！）

以前、娘をエドヴァルドに売り込もうとして失敗した男だ。メイドが部屋から逃げようとドアに手をかけたとき、サンダル侯爵が護身用ナイフでメイドの背中を刺した。

（ひ、ひいい〜！　うそ⁉）

メイドが倒れ込むのを見届けた侯爵は、今度は血だらけの手でカティを捕まえようと迫ってくる。

カティは目の前で人が刺されたショックで動けない。

しかし、一歩一歩近づいて来る侯爵に、カティは恐怖に固まってしまった体に檄を飛ばした。

（もうすぐとう様が助けに来てくれる、それまでがんばれ私！）

血に塗れた手がもうすぐ自分に触れるという時、カティはさっと避けて逃げ出した。

高速ハイハイだ。まさかこのようなところで真価を発揮するなんて。

カティは高速ハイハイで部屋中を移動した。テーブルの下など狭いところに潜り込んで侯爵を翻弄する。

「このっ！」

苛立った侯爵がついにテーブルを倒して行く手をふさぎ、カティを捕まえた。

「手間をかけさせやがって！」

(ひ～、ただのか弱い赤ん坊ですっ)

カティが真っ青になった時、大きな音を立てて扉が開いた。

開いた扉から現れたエドヴァルドやレオたちを見て、体の力が抜けた。

(助かった……)

倒れているメイドの姿を見たエドヴァルドは眉をひそめると、血まみれの手でカティを抱いているサンダル侯爵に剣を突き付けた。

「こ、公爵さま！　誤解でございます！　私は！　私はその者がカティ様を連れ去ろうとしたのを止めるため、やむなく、カ、カティ様をお助けしたのでございます」

エドヴァルドは床に倒れたメイドを見て、サンダル侯爵に抱かれたままのカティに視線を移した。

カティはそっと横に首を振る。エドヴァルドはそれを見て細く息を吐いた。

「レオ、カティを」

「はい」

カティを受け取ったレオは部屋を出ていった。カティが出ていくのを確認すると、エドヴァルドはサンダル侯爵を凍てつくような視線で射貫《いぬ》く。

「サンダル侯爵、貴様にも娘がいたな」

「はい。先日ご挨拶を……」

急な話題の転換に戸惑いながらもサンダル侯爵は答えた。エドヴァルドは冷たい笑みを浮かべると、サンダル侯爵から視線を外す。

「貴様のせいで将来が閉ざされることになり、哀れなものだな」

「え？」

侯爵の顔が青ざめる。

「連れて行け、後で取り調べる」

後ろに控えていた騎士に命じた。

「ユリ公爵!?　私は何も！　私はカティ様の恩人で……」

「二度とカティの名を口にするな。首と胴体が離れたくなければな」

冷たい視線を受けて、情けなく床にへたり込んだ侯爵を騎士たちは引きずるように連れていった。

いっぽう、エドヴァルドの執務室に連れて来られたカティは、目の前で人が刺されたショックと血まみれの手が迫ってくる恐怖でさすがに涙が止まらなかった。

レオに抱かれたままぐずぐず泣く。

いくら前世の記憶があったとしても、自分がいたのは日頃暴力など目にすることなんてない平和な世界だったのだ。人の生き死になんてめったに出会うものではなかった。

何が目的だったかも分からないけれど、あっさりと人を刺したサンダル侯爵の姿を思い出すと怖くて仕方がない。

泣きながらレオにしがみついていると、エドヴァルドが戻ってきた。

「レオ、いつまで抱いてる」

やや低い声でエドヴァルドが言う。

「この子が怖がって離れないんですよ」

「……こっちに来い」

こちらに手を伸ばしていたエドヴァルドに、うっくうっく泣きながらカティも手を伸ばす。

しっかりした安心感のある腕でレオから受け取ってくれると、その胸元に包むように抱っこしてくれた。その胸の中はとても温かく、ようやく安堵と安心を実感し、再びポロポロ涙がこぼれ出た。

「ケガはないか？」

いつもより柔らかな声で問われて、こくんと頷く。エドヴァルドはそうか、と言って背中を優しく叩いてくれた。おかげで随分と気持ちも落ち着いた。

カティが泣き止むと、レオがすぐにお茶の支度をしてくれた。カティにもそっと湯冷ましを入れた哺乳瓶が差し出される。

「カティ様に怪我がなくてようございました」

レオの優しい微笑みに、思わずカティも笑み崩れる。

しかしその次の瞬間その笑みは強張った。

「でもエドヴァルド様、よくカティ様の居場所が分かりましたね」

(……やばい)

カティが焦ってエドヴァルドに視線を向ける。すると、エドヴァルドは少し考えていたが、「知らせがあったからな」とあっさりと答えた。

「知らせですか？」

「ああ、本人から伝令が」

「え!?」

信じられないような表情でレオがカティを見る。

(と、とう様……私の身が危険にさらされるから誰にも言うなって……)

カティはばっとエドヴァルドを見た。

「今後のことを考えると、レオにも知ってもらう方がいいだろう」

そう言って、エドヴァルドはレオに向かいに座るように勧めてから言った。

「レオ、今から見聞きすることは他言無用だ」

「かしこまりました」

「カティ、何があったか報告せよ」

エドヴァルドは何の説明もせず、カティに丸投げをしてきた。

（ええ～、天才赤ちゃんとか神童とか、ちゃんとか、ちゃんと紹介してほしかったんですけど……）

ただ、レオからじっと見つめられ、エドヴァルドにも視線で急《せ》かされてカティは口を開いた。

「コホン。私のことは内緒にしていただきたいのですが」

咳ばらいをしてから、当たり前のように話し始めるカティに、レオは度肝を抜かれた様子で目を見開く。カティはその様子を見つつ言葉を続けた。

「今日は侍女のマーサと護衛のエルネが次々に呼び出されていきまして……。一人で寝ていたところ、さっき刺されたメイドが私を籠に閉じ込めて連れ出したのです」

レオは顔を強張らせたままカティから目を離さない。

ちょっと怖いんだけど……と思いながらカティは話を続ける。

「その後茜の間まで運ばれて、サンダル侯爵に渡されました。積み荷に紛れて私を運び出す手はずだったようですが、二人が揉め始めて、侯爵がメイドを……刺しました」

思い出してぶるっと震えたカティの背中をエドヴァルドがポンポンと叩いてくれる。それに後押しされてカティは最後まで言い切った。

「主犯はサンダル侯爵のようでしたが、他は何も話さなかったので動機までは分かりません」

「そうか、お前がいなければサンダル侯爵の戯言《たわごと》がまかり通ったかもしれない。よくがんばったな」

「とう様……」

エドヴァルドの優しい言葉に感動してまた涙がこぼれる。

「これで日頃の鍛錬がどれほど大事か分かっただろう。今日からまた再開だな」

（鬼畜は鬼畜だった……）

カティの嬉し涙は速攻引っ込み、別の涙が流れそうだった。

「レオ、こういうわけだ。カティの中身は大人と思ってよい。とても大人の思慮を持っているようには見えないがな」

「しかしこれは……大変な間諜ではありませんか！」

レオが興奮したように言うと、エドヴァルドが頷いた。

「ああ。意外と役に立っている」

「……ああ!?　もしかして私も……」

今まで自分がやってきたことに思い当たったのか、レオが蒼白になる。カティはニヤッと笑った。

「レオ様が侍女のミンミをいつも可愛いと言ってることなど、とう様には話してないですよ」

「うわ～！　カティ様……ご慈悲を……」

「あと、とう様のことを、表情筋をどっかで落としてきたんだなと言ってたことも伝えていませんから」

「カ、カティ様……私を殺す気ですか……。エ、エドヴァルド様、申し訳ございません！」

レオは思わず立ち上がり、謝罪する。

「そんなことはどうでもよい。座れ」

エドヴァルドがそう言うとレオは顔を引きつらせて座った。

「このようにカティは非常に役に立つ。だがこのことを知られればこれは狙われるだろう。だからくれぐれも内密に。他に知るのはミルカだけだ」

「分かりました」

レオの力強い返事に、エドヴァルドは満足そうに頷いた。

「これからもカティが私の弱みと勘違いされて狙われる可能性は高い。護衛の手配をしっかり頼むぞ」

「承知いたしました」

勘違いされて、というところでむっとしつつも、カティは慌ててレオに頭を下げる。

「レオ様、よろしくお願いします」

「カティ様、私のことはレオとお呼びください。敬語も不要でございます。これからは何かあれば私にお申し付けください」

レオはカティに礼をとった。

また一人カティの秘密を知る仲間が増え、カティは話し相手が増えて喜んだのだった。

いっぽう、カティの誘拐事件について、犯人の取り調べで事件の全貌が明らかになるかと思われたが、翌日、サンダル侯爵が牢の中で死亡したと報告が入った。

王宮騎士団の管轄で、警備体制も厳しい場所で起きた事件にエドヴァルドの表情が曇る。誰もかれもが簡単に入り込める場所ではない。

「口封じだとしたらさらなる黒幕がいるということですね。牢まで入り込める人間を絞り込めれば……」

レオが、暗に地位の高い者や権力者が犯人ではないかと推量する。

「死因が分からない以上、決めつけるな。毒なら近づく必要はないのだからな」

事件解決の糸口であるサンダル侯爵を失ってしまい、カティの誘拐の真相解明は難航することになった。

○国王陛下と陰謀と

誘拐事件から一カ月が経過するも、その背景はいまだ分からないままだった。

カティを狙う動機が分からず、いまだに周囲が警戒は続けているものの、その後は何事も起こらずいつの間にか日常が戻ってきていた。

カティはいつも通り、今日も王宮のエドヴァルドの執務机に座っている。

「カティ、お前の世界では警察という機関があると言ってたな？」

「はい。犯罪者を捕まえたり、街の治安を維持したり、国民を守ったりしてくれるの」

「こちらでいう騎士だな」

「……うーん、もっと身近な存在かもしれません。交番と言って、警察官がいつもいる詰め所が街のそこら中にあるの。何かあれば気軽に相談しに行けるところで、そこから大きな警察署に連絡がいって……みたいな感じでしょうか」

カティはおぼろげな記憶を思い出すように、宙を見つめながら話す。

「なるほど。限りある騎士を街中に配置は出来んが、準騎士を置けば治安も良くなりそうだな。そこから伝令魔法や馬で騎士に連絡すればよいか」

エドヴァルドは王都の治安をさらに上げるための仕組みを考えているようで、カティのいた世界の仕組みを知りたがった。

現在、この王国には騎士は王宮に所属する王国騎士団か、各貴族に雇用された私設騎士団の二種類がいる。しかし下位貴族は私設騎士団を持つ余裕はないし、平民では敷居が高くて王宮まで訴え出ることが出来ない。

そのため、基本的に揉め事が起きると、街の顔役や村長などに訴え出て、それでダメなら直接王宮へ訴え出る形だ。それでは顔役やそこを支配している者が幅を利かせ、皆がその顔色を窺うようになってしまう。

エドヴァルドはカティの話を聞き、次の議会に提出すべく草案をまとめていた。

書類にペンを走らせるエドヴァルドの横顔には、国を想う真摯さが表れている。

(とう様、すごい。格好いいし、優秀だし……鬼畜だけど。国民に対する思いのほんのひと欠片《かけら》でも私にかけてくれても罰は当たらないけど)

「なんだ？」

じっと見ているとエドヴァルドが顔をあげる。

「いえ有能なとう様を尊敬していたところです」

かしこまってそう言うと、冷ややかな視線が飛んでくる。

「ほ、本当ですよ!? いつも国民のことを思っている、とう様って本当にすごいなって」

「そうか」

エドヴァルドは瞬きをすると、ペンを置いた。

「特段凄いことはしていないが……お前がそう言ってくれるのならありがたく受け止めよう」

エドヴァルドがカティを抱き上げて、ソファに移った。穏やかな時間である。レオがさっそくお茶の用意をしようとしたが、国王からカティとともどもエドヴァルドに呼び出しの知らせが来た。

(ああ、せっかくの癒しタイムが……)

エドヴァルドは不服そうなオーラを出しながら、使いの者にすぐに行くと返事をする。それからいつものようにカティを抱えて、国王のいるサロンへと向かった。

サロンの壁は、落ち着いた紺色ベースで緑と金の線で蔦《つた》の模様が描かれている。国王に連なる王家の人間と、国王が招いた者しか入れない特別室だ。城中を歩いて回ったカティですらもその中は知らない。

(せっかくだから間取りとか覚えようかな……)

すっかりエドヴァルドに毒されたカティがそんなことを考えながら、中をのぞくと、サロン内の白い円形テーブルにはすでに国王の姿があった。

テーブルの上には菓子やフルーツが並び、ティーセットも準備されている。

それを見たエドヴァルドの眉間に深いしわが刻まれる。

「仕事の話ではないのですか？」

「そうあからさまに嫌がるな。お前の娘にもう一度ゆっくり会いたかったのだ」

そちらへ座れ、と言われて、エドヴァルドは仕方がなさそうにカティを抱いたまま席に座る。

メイドがカティをお預かりしますというのも断わり、手ずからミルクを飲ませられた。

それを見た国王が苦笑する。

「さらに溺愛ぶりが加速しておるな。相変わらずの仮面ぶりが怖いと評判だが」

どこに行くのもカティを同行し、溺愛しているように見えるのにその表情は仮面のようで怖いと噂になっているという。確かに、カティを抱くエドヴァルドは無表情だ。

（まあ、優秀なスパイだから重用されてるってほうが正しいもんね……）

目の前のお菓子を惜しく思いながらミルクを吸っていると、国王がカティに話しかけてきた。

「今日はよく来てくれたね。私はこの国の国王で、会うのは二回目だが覚えているかな？」

「おーたあー？」

赤ん坊に対してきちんと挨拶をしてくれる国王に好感を持ったカティは、精一杯笑みを浮かべて愛嬌を振りまく。その効果が出たのか、国王の顔は締まりなくデレデレに崩れた。

「ほう、可愛いな。どれ、ちょっとこちらによこせ」

（え？　ちょっとそれは恐れ多いので勘弁してほしいんですけど）

カティはエドヴァルドに嫌だとアピールするが、嬉しそうに手を出し続ける国王にはかなわないようで、エドヴァルドの手から国王の腕の中に移されてしまった。

「小さくてかわいいのう。器量もいいし、お前の娘だとは思えないほど愛くるしいではないか」

国王はカティを抱き上げると高い高いをしてくれる。

（全然楽しくないけど……）

きゃっきゃ、きゃっきゃとカティは恥ずかしさを堪えて歓声をあげる。

国王もご満悦の様子で、エドヴァルドに向き直った。

「可愛さに疲れが飛ぶな。お前が連れまわすのも分かる気がするよ。これからも私のもとへ来させても良いか？　お前が忙しい時はこの子一人で構わぬ」

（え？　なぜ？　無理）

カティは目いっぱい視線でエドヴァルドに否《いな》と訴える。

しかし何を考えているのか、エドヴァルドは国王の提案をすぐに了承した。

「もちろんでございます。いつ何時でもお召しください」

（はあっ⁉）

カティが呆然としている間にお茶会が終わり、エドヴァルドたちは宰相の部屋へ戻った。いつの間にか籠の代わりに置かれるようになったソファの上から、カティはエドヴァルドを睨む。

「……とう様」

「なんだ？」

「陛下への貸し出し、どういうことですか」

「陛下の御心に沿うのが臣下の務めだ」

しれっとした言葉に、カティが指を突き付ける。

「その心は？」

「陛下の側にいるといろんな話が耳に入る機会があるだろうと思ってな」

「……やっぱり。でも無理」

「先ほどのように陛下に抱っこされていればよいだけだ」

「よくありませんよ！　どんなに恥ずかしいか！」

相手はこの国の最高権力者だ。国王のご機嫌を取るため、必要以上に赤ちゃんらしく笑い声をあげ、無邪気を装う羞恥心をエドヴァルドに分かるはずがない。

「寝たふりでもしておけばよい」

何を言ってもエドヴァルドには響かないようで、カティはむーっと頬を膨らませた。

（ちょっと相談するとか、お願いするとか大事だと思うの。こちとら可愛い赤ちゃんだっていうのにまるでブラック企業の社畜……）

さっさと話を終えて仕事に戻るエドヴァルドを見ていると、なんだか怒りが湧いてきた。

カティはソファから滑り落ちるように床に下り、ハイハイでドアの前までたどりつくとドアを小さい手でトントン叩く。

そして、ドアの外に立っている護衛がドアを開けた瞬間、カティは部屋から脱走した。

それから広大な王宮の廊下をハイハイで爆走する。

美しく磨き上げられた廊下はピカピカだが、カティには少々冷たい。

いつもはエドヴァルドや侍女など誰かが抱っこしてくれているが、今のカティの手の平は冷え冷えだ。

（手袋が欲しいなあ、滑り止め付きの）

そう思いながら鼻歌を歌いつつあてもなく進んでいると、国王が数人の護衛を引き連れて歩いてくるのが見えた。見つかったら、迷子として即回収されてしまう。

慌ててカティは調度品の陰に隠れた。

イエス週休二日ノー残業。

たまにはおさぼりくらいしたって罰は当たらない。

カティは国王たちが通り過ぎた隙をついて、扉が開きっぱなしになっている暗い部屋の中に入った。

（嘘、人がいる……）

慌てて棚の陰に隠れる。一人は貴族の男、もう一人は侍女のようだ。

（うーん、覚えておけって言われた貴族のリストにはない顔だけど……）

貴族の姿に全く覚えはなかったが、侍女の方の服装は王妃付きの侍女のものだった。

通常、王妃付きの侍女は王妃様の隣を離れることがない。

なんとなくきな臭いものを感じて見つめていると、二人が濃密なキスを始めてしまった。

（う、嘘でしょ……ここに幼気な赤ちゃんがいるんですけど）

「君を愛してるよ」

「嬉しいわ。でも……不安なの」

長いキスを終えると、顔立ちの整った貴族の男が、侍女の頬に指を滑らせる。その告白に、彼女は笑みを浮かべるもすぐに不安そうな顔をする。

「信じられない？」

「だって……いつまでたっても約束してくれないから」

「ああ、分かってるよ、婚約を申し込む準備は進めているんだ。ただ、私にはまだ実績がなくて父上になかなか認められないんだ。だから許してもらえるよう君の協力が欲しい」

「私の？　私に出来ることがあればなんでもするわ。それで私たちが結ばれるなら！」

侍女は真剣な顔で男に聞く。

「ありがとう。君には王妃殿下と会う手はずを整えてほしいんだ」

「そ、それは無理です！」

男の話を聞いて、顔を青ざめた侍女は男から身を離そうとする。

そんな侍女を男は強く抱きしめて、彼女の背中を撫でる。

「頼むよ。君は王妃殿下の行動予定を教えてくれるだけでいい。私は偶然お会いして自分の事業をご紹介したいだけだ、決して君に責任がかかることはしない。そうすればすぐに父から結婚の許しが出るんだよ。……君を愛する私の力になってほしい」

（おいおい。私のような小娘でも、お前が言うことを聞かせるために甘い言葉を囁いてるって分かるわよ。王妃様付きの侍女がそんなのに騙されるわけがないでしょうが！）

部屋を出ていかなくてよかった。胡散臭い笑顔で侍女に言い募る男のセリフを聞いて、カティは顔を顰める。しかし、侍女は真剣な面持ちで頷いた。

「……分かりました」

（うそっ！　絶対詐欺ですよ！　間違いなく！）

侍女の返事に目を剥く。

「ありがとう、愛してる」

そのままこんな場所で侍女の服に手をかけた馬鹿から彼女を守るため、仕方なくカティは大きな声で嘘泣きを始めた。

「きゃあ!?」

「なんでこんなところに赤ん坊がっ!?」

侍女が悲鳴を上げると、男は君に任せると言ってさっさと部屋から逃げていった。

侍女は泣いているカティを発見すると、驚いて抱き上げてエドヴァルドのもとに向かってくれた。

王宮にいる赤ん坊と言えば宰相の娘だというのは周知の事実。侍女が廊下を急いでいると、途中でカティを捜していたレオに出会い、カティは無事回収された。

心配そうな表情のレオが、カティの背中を撫でる。

「カティ様、驚かせないでくださいよ。また誘拐でもされたかと心配しましたよ！」

「ごめんなさい。でも、とう様のところに戻ってからお話ししたいことがあるの」

そうこっそり囁くと、何かを察したのかレオは急いで執務室に戻ってくれた。執務室に入ると冷気をまとったエドヴァルドが待っていて、カティは震えあがった。

「誘拐の真犯人がまだ分かっていないというのに部屋を出ていくとは。少しは利口になったと思ったが」

エドヴァルドの長くて美しい指がコツコツと机をたたく。

「……相談しないで何でも決めちゃうから……ちょっと拗ねただけじゃない」

ついでにすごい情報仕入れてきたのにとカティがぶつぶつ言っていると、エドヴァルドの表情が変わった。

「詳しく話せ」

「お、王妃様が危険かも……」

カティは先ほど聞いた話をエドヴァルドに伝えた。メイドの見た目や貴族の見た目まで精一杯伝える。エドヴァルドはレオにその侍女の身元を知っているか聞いた。

レオが即座に頷く。

「はい。王妃様付きになったばかりの若い侍女ですね」

「そのような者を近づけるとは」

舌打ちをしたエドヴァルドに、慌ててカティは手を挙げた。

「とう様。その侍女は騙されているので……助けてあげてほしいです」

侍女は先ほど自分をきちんとレオに送り届けてくれた。その抱き方は優しく、一生懸命カティをエドヴァルドのもとに届けようとしてくれた優しさがあった。少しばかり脇が甘く王妃付きであるという立場を分かっていないのは致命的だが、なんとかしてあげたい。

しかし鬼畜《エドヴァルド》は首を横に振った。

「騙されていると？　そんなもの頼まれても断ればいい。そもそもそういう話をしてくる男を疑わない頭の構造自体が王妃付きにふさわしくはない」

「でも…」

「今回はたまたまお前が情報を得たおかげで、先回りすることが出来る。しかし一歩間違えれば、大事件だったかもしれない。優しくて人が良いのと王妃付きとしてふさわしいのでは違う。その侍女のためにもなるまい」

「…おっしゃる通りです」

エドヴァルドの正論に言い返す言葉もない。エドヴァルドはしょぼくれたカティの頭を撫でてからレオに視線を向けた。

「しかし何を企んでいるのか。レオ、陛下に時間を取っていただけるよう調整してくれ」

「かしこまりました」

レオが出て行き、二人きりになるとエドヴァルドが細くため息をつく。

「……本当にお前という奴は。心配させるな」

そう言って、エドヴァルドはしゅんとしているカティの頬を突っついた。

「ごめんなさい」

(心配してくれていたんだ)

その言葉にほんのちょっと、心がぽわんと温かくなった。確かに誘拐の黒幕が判明していないのに軽率だったことに反省する。

「しかし有益な情報を拾ってきたことは褒めてやろう」

カティは目をきらめかせて、エドヴァルドを見上げる。

もっと褒めるがよいとふんぞり返り、説教も有耶無耶になったなと、ほくそ笑んでいたのだが――

「この調子で陛下のおそばで情報収集出来るだろう。貴族年鑑を見てさらにしっかり顔や名前を覚え、陛下の周りの人間を分かるようにしておけ」

カティの笑顔が固まった。

「ええっ、すでに毎日毎日色々させられているんですけど!」

「させられている?」

「あ、いえ……ご指導していただけてありがたく思っております」

(ううっ……もう十分貢献している気がするんだけど。それに私……一歳にもなってないんですけど!)

そこではっと気が付いた。

(そもそもなぜ私がこんな社畜のような生活を？　赤ちゃんらしく皆にかわいがられ、ちやほやさ

れていればいいのでは⁉)

陛下など、この国で一番偉いのに近所の人の好《よ》いおじいちゃんのようにカティを可愛がってくれた。

(そうよ、スーパープリティな私をこんな扱いするなんて冷血鬼畜だけじゃない)

そして一つの案を思いついた。

名付けて『頭を打って普通の赤ちゃんに戻りました作戦』。

明日決行だ!! 決意を胸にふふふと笑う姿を、冷ややかな目でエドヴァルドに見られていることにカティはまったく気が付かなかった。

○赤ちゃん逆戻り大作戦

翌日、カティは侍女のミンミと一緒に立つ練習をしていた。

執務室のテーブルの脚を掴んで立ち上がる練習だ。正直、とっくに一人でさっさと立てるし、歩くことだって無問題だ。なんなら小走りくらいまでは習得済み。

しかし、それはエドヴァルドとレオ、ミルカたちだけの秘密で、外では通常の赤ちゃんを装っているおかげで、こんな練習が発生している。

カティは小さな手で一生懸命手を伸ばし、ぎゅっとテーブルの脚を掴んで立ち上がる。

（よしよし、生まれたての小鹿のような感じで……）

ゆらゆらとわざと身体を揺らして立っているとミンミが喜び、褒めてくれる。

カティはテーブルをバシバシ叩きながら、いかにも楽しくてしょうがない感を醸し出す。

そして！　楽しくて手を振り上げすぎて、バランスをくずして予定通り後ろに転倒！

――ブラック企業よ、さようなら。甘やかされ赤ちゃん生活こんにちは!!

ゆっくりと倒れていきながら、バラ色の未来に思いを馳《は》せる。かと思いきや、倒れてしまう寸前で強い風圧でカティの体が押し戻される。

気が付くと普通にちょこんと床にお座りする形になってしまった。

「……へ」

ハッと振り向くと、いつの間にかエドヴァルドがいた。魔法を発動して転倒を防いでくれたようだ。

（ぐぬぅ……余計なことを！）

歯ぎしりをするカティだった。

しかしその翌日には、思ってもみないチャンスがやってきた。

ミルカと魔力コントロールの練習をしている時だ。

やはり魔力をうまく放出出来ず、体内で膨れ上がった魔力がカティの体の中をぐるぐる回ってしまう。やがて頭がガンガン痛み出して、周囲の音も聞こえなくなる。

体の中に熱い熱がこもって辛くて朦朧《もうろう》としてきた時、ミルカが額に手を当ててくれた。

熱がすーっと引いていき、いつものように楽になってきた時に閃いた。

（あれ、もしかして……大チャンス？）

「カティ様、大丈夫ですか？　以前よりほんの少しですが上手になってきていますので心配はいりませんよ」

額から熱を放出してくれたミルカが、顔色の戻ったカティを褒める。

（今しかない！）

「あ〜あう〜」

「カティ様？」

カティは意味のない音だけを意識して発し、ミルカの顔を見てご機嫌よく笑いだす。

「カティ様！　言葉、分かりますか⁉」

驚いた顔でカティに話しかけるミルカをよそに、無邪気に笑う。

「う〜あう」

話しかけるミルカに返事をせず、カティは自分の指でちゅぱちゅぱおしゃぶりを始めた。

（もうすぐ一歳、にしたらもしかしたら幼すぎるかもだけど、どう⁉）

渾身の赤ちゃんの真似に、ミルカは真っ青になってカティを抱えるとエドヴァルドのもとに走った。

「カティ様が大変です！」

礼もそこそこに慌ただしく入ってくるミルカを、執務中のエドヴァルドとレオが訝《いぶか》しげに見る。

ミルカはほとんど泣き出しそうな声で、エドヴァルドに伝える。

「カティ様が普通の赤ん坊に戻ってしまいました！」

「ええっ⁉」

レオは驚いて叫んだが、エドヴァルドはほんの少し眉が上がったかどうか程度だ。

「カティ様!! 私が分かりますか⁉」

カティと視線が合ったレオに言われても、カティはきゃっきゃと笑って手足をばたばた動かすだけで返事をしない。

レオがベッドに寝かせたカティに話しかけたり、あやしたりしても反応は赤ん坊そのものだ。

「……これは…大変なことに…」

「残念だが仕方がない。そもそも一歳ならこんなものだろう」

エドヴァルドはいつも通りの冷静さでカティを見る。

（む……恐ろしいほどの通常運転。さすが鬼畜）

内心でカティはむくれつつ、赤ん坊のふりを続ける。その様子をじっと見ていたエドヴァルドは慌てふためくレオに指示を飛ばした。

「原因が分からないのであれば騒いでも仕方がない。レオ、マーサを呼び着替えさせろ。発熱で汗もかいたろうからな」

エドヴァルドはミルカを責めることもなく、レオに指示を出す。レオはハッとして、カティを抱きかかえようとする。

「は、はい。では別室で着替えを……」

「いや、マーサを呼び、ここで着替えさせろ」

「それはいったい――」

レオが怪訝そうな表情になる。赤ん坊といえども公爵令嬢。着替えの時は自室に戻り、侍女だけがお世話をしていた。カティも思わぬ会話の運びに目を瞠《みは》る。

「かまわん。体に異変が出ていないかミルカも確かめてくれ。レオ、マーサを」

「直ちに」

しかし、再びエドヴァルドに命じられると、レオは部屋を出ていった。

レオに連れられてきたマーサの顔は曇っていた。いくら父親、その侍従、魔術医といえども三人の男性に囲まれて令嬢を着替えさせるのは忍びない。そういう気持ちが顔に出ているようだ。

「マーサ、気持ちは分かるがカティの身体が心配なのだ。私とミルカ、レオも立ち会わせてもらう」

「か、かしこまりました」

カティの服のボタンを外し始めたとき、カティが大声で泣きだした。

「カティ様!?」

日頃、こうして泣くことがないカティにマーサも驚いた。

エドヴァルドは口元にわずかな笑みを浮かべると、ベッドからカティを抱き上げる。

そして――

「このままとぼけ続けていいのか？」

カティの耳元でそう囁いた。

（バ、バレてた⁉　くそうっ。神様、カティは普通の女の子に戻ることは出来ませんでした……）

大声で泣いていたカティがピタッと泣き止む。そしておずおずと顔を上げる。

その瞳はどう見ても無垢な赤ん坊ではなく、理性を持った表情だった。その反応にエドヴァルドは、満足そうな表情になり、マーサに向き直る。

「すまないが、マーサ。やはり別の部屋で着替えてから連れてきてくれ」

マーサはほっとしたようにカティを抱いて出ていった。

さて、着替えを終えて、絶望したような顔をしたカティは再び執務室に連れて来られた。

マーサが下がり、カティは執務机の上に座らされる。まだミルカはおろおろとしているし、レオも状況を掴み切れていない表情だ。

「あの、カティ様は……」

心配そうなミルカを見て、エドヴァルドはたっぷりと間を置いてからカティを見つめた。

「ミルカが自分のせいだと責任を感じているが？」

「……ごめんなさい」

その言葉にカティは心から反省した。机の上で、土下座をする。

自分の事しか考えずに浅はかなことをしたと申しわけなさでいっぱいだ。

カティの謝罪の言葉を聞いて、ミルカがハッと顔を上げる。

「カティ様！　お言葉が戻られたのですね！　ああ、良かった！　本当に良かった」

ミルカは喜びの涙を浮かべて、カティの背に触れる。

「カティ様、本当に申し訳ありません！　私のせいでカティ様が大変なことに……責任を取りまして、私はこの職を辞する所存です。本当に申し訳ありませんでした」

「そんな！　ミルカ先生、ごめんなさい！　違うの！　あのあの……」

カティの顔から血の気が引いた。たかが、赤ちゃんとして可愛がられたいという自分のくだらない計画のせいで一人の人生を狂わせてしまいたくなんてない。

なんとしてもミルカには何の責任もないことを伝えないといけない。

必死に言葉を紡ごうとしたところで、エドヴァルドが二人の間に割って入った。

「ミルカ、カティは混乱しただけだ。お前のせいではない。責任を取る必要は一切ない」

「……とう様？」

(――庇ってくれた？　この鬼畜が私を庇ってくれた？　いや、そんなはずはない)

「ミルカ先生、本当は私が……」

「いいな、ミルカ。お前には全く非はない。大体このカティの生態はよく分かっていないのだから、こういうこともある。お前は優秀だ。これからもカティの指導を頼みたい」

それでも、エドヴァルドはカティを遮るように言葉を継ぐ。ミルカは感動したように、再び目を潤ませた。

「ありがたきお言葉です。今後も誠心誠意ご教授させていただきます」

「ああ。今日はご苦労だった。もう大丈夫なようだ、下がっていいぞ」

ミルカはもう一度頭を下げると部屋を後にした。カティは呆気に取られている。エドヴァルドは軽く溜息をつくと、カティの頬をそっと突いた。

「それでお前は何がしたかったんだ？」

「……いえ。本当の赤ちゃんになってみようかなと……思って……」

もごもごと口ごもりながら白状する。するとレオが目を見開いた。

「ええ？　カティ様あれわざとですか？　ミルカ様……お可哀想に」

グサッとカティの心にレオの言葉が突き刺さる。エドヴァルドが続けて聞いた。

「どうしてまた？」

「いや、ちょっと私働きすぎじゃない？　と思って。……ほら、まだ一歳にもなってないんだもの。もっと甘やかされてもいいんじゃないかなあなんて。でも、ミルカ先生が自分を責めるなんて思わなかったの！　ごめんなさい！」

カティは再び土下座する。

「本当にお前は……。わざわざ赤ん坊の振りをしなくても赤ん坊と変わらないぞ」

それを見たエドヴァルドはそう言って笑った。

カティは驚いてレオと顔を見合わせた。

（表情筋……表情筋紛失鬼畜が……笑った！）

見間違いではないかと目をごしごし擦ったが、確かにエドヴァルドが笑っている。

「仕事を押し付けすぎたのは悪かった。陛下のお召しは私が同席するときだけでいい」

「とう様！　本当？」

「ああ」

素面《しらふ》で赤ん坊の振りをしたことで、大切な矜持というものを失ったような気がするが、それでも醜態をさらした甲斐があったというものだ。

「わ〜い、とう様ありがとう！　カティ、とう様大好き！」

国王への貸し出しという緊張感漂うミッションから解放されたことと、エドヴァルドが自分を思いやってくれたことに対する喜びとで、満面の笑みでエドヴァルドに礼を言った。

嬉しすぎて要らぬリップサービスまでつけてしまった。

するとエドヴァルドが突然カティを抱き上げ、カティの額にそっとキスをする。

「!?」

レオは転がり落ちるんじゃないかというほど目を見開いている。

「な、なな……」

カティも声にならない悲鳴を上げる。普通の親子ならよくあるかもしれないが、カティとエドヴァルドは部下と上官のようなもので、このようなスキンシップは一度たりともなかったのだ。

硬直したカティとレオをしり目に、エドヴァルドはふっと最後に笑うといつもの無表情に戻った。

「さて、私はまだ執務が残っている。今日は疲れているだろう。休むといい」

驚きがまだ過ぎ去らぬカティをベッドに寝かせてくれる。

（どどうした？　とう様？　とう様こそおかしくなった？）

信じられない思いでレオを見ると、レオも訳が分からないというように首を横に振る。

今回しでかしたことをエドヴァルドは怒ることなく、逆に庇ってくれた。今回の何がエドヴァルドの琴線に触れたのか分からないが今までの関係から少し距離が近づいたような気がした。

執務室にペンの音と、紙をめくる音だけが響く。

それを聞いている間にいつの間にかカティは眠りについた。

○カティ、一歳になる

「お誕生日おめでとうございます！」

公爵家の使用人たちがカティにお祝いの言葉をかけてくれる。

「あーとー！」

カティは、お祝いの言葉をかけてくれるみんなに笑顔でお礼を言う。

今日はカティの一歳の誕生日だ。ユリ公爵邸のサロンの壁には花が飾られ、テーブルにはいつもより華やかなクロスが敷かれ、かわいらしい花が生けられている。

本来は、お披露目もかねて懇意にしている貴族たちを令嬢の誕生パーティに呼ぶこともあるそうだけど、結局身内だけのお祝いになった。

可愛いピンクのクッションが敷かれたカティ用の小さな椅子は、大きな広間の真ん中に設置された大きな長方形のテーブルの短辺の席に置かれている。

（おおっ！　これぞまさしくお誕生日席！　お誕生日席という名の狭いはずれ席ではない！）

子供用のドレスを仕立てられたカティは目を輝かせて、テーブルの上に並べられた料理を見つめる。ようやく少しずつ普通のごはんが解禁されてきたのだ。

料理長が美味しい食事とデザートを、公爵家で働く皆がプレゼントまで用意してくれていた。どこから聞きつけたのか、お祝いの品を送って来た家もある。

たかだか赤ん坊の誕生日だというのに、演奏家までやってきてとても華やかで賑やかなパーティだった。とっても楽しかった。すごく幸せで、もう十分だったのに、カティが部屋に戻ってからエドヴァルドとレオがまた別のプレゼントをくれた。

「カティ様、こちらをどうぞ。本が好きだとおっしゃられていましたので」

レオがプレゼントしてくれたのは数冊の本と手袋だ。

本のジャンルはファンタジーのような冒険譚、推理小説、そして恋愛小説と多岐にわたっている。

カティは目を輝かせて本を見つめた。

（なんてたって今読んでもいいのって絵本ばっかりで、しかも読み聞かせ……。前世でも本が好きだったから嬉しい……）

そして手袋はなんと！　滑り止めの手袋、ハイハイ仕様だ。

「レオありがとう！　これすごく欲しかったの！」

とことこレオのもとに歩いていき、しゃがんでくれたレオにカティは小さい手を精一杯広げてハグをした。するると急に背後がひんやりする。

同時にふわっと体が浮き、気がつくとエドヴァルドの腕の中に収まっていた。

「私からはこれだ」

エドヴァルドが机の上に置いてある本を示す。さらなるプレゼントにカティは目を輝かせた。

(泣く子も黙る公爵様のプレゼント!! すごい本に違いない!)

期待に胸を膨らませて題名を見る。

『貴族年鑑最新版』。

(うん、知ってた。世間は、いや鬼畜はそんな甘くなかった……)

カティが見るからに肩を落とす。しかし、そんなカティを見て、エドヴァルドは机の引き出しからネックレスを出して首から下げてくれた。

小さな金色の円形プレートに、ユリ公爵家の家紋が彫られていた。

十字が入った盾の中に横向きの王冠を戴く鷲の顔、その下部にクロスした二本の剣。それらを装飾する水仙。強さと不死の象徴である鷲と厳しい環境でも美しく咲く神秘的な水仙の紋章は武と魔法ともに優れたユリ公爵家にふさわしい紋章だった。

「これはお前が公爵家の大切な令嬢という証だ。肌身離さず持っておけ」

触れてみると、ずっしりと重たい。カティはエドヴァルドを見上げて、顔をほころばせた。

「……とう様。すごくうれしい。ありがとう」

エドヴァルドのその言葉がじんわりと染みる。

エドヴァルドは厳しい。しかしこういう時に見せるエドヴァルドの無表情はどこか優しく見える。

カティがきゅっともらったネックレスを大切そうに掴んでいると、エドヴァルドの手が頭を撫でた。

「しばらくすると少し忙しくなる。お前を王宮に連れていけない日も増えると思うから、屋敷の者にばれないように注意しろ」

「執務室にいちゃ駄目なの？」

「側についていてやれないからな。公爵邸にいる方が安心だ」

まだ、誘拐事件が解決したわけではない、と付け加えられてカティは頷く。

誘拐されたあの事件から、もう五か月が経った。しかしそれだけの日が流れても真相は判明していない。手がかりがなく、騎士団の調査もほとんど停滞しているらしいのだ。確かに王宮のような人の出入りの多い所で何があるか分からない。

「その間、魔法の練習と話し相手をミルカに頼んでおく。……くれぐれも気を付けるように」

その言葉通り、エドヴァルドはカティを同行させずに王宮に出仕することが増えた。

誘拐以来、絶対に一人にしないように言われているようで、カティの側には必ず誰かがいる。

全くの一人なら色々も練習出来るのに、ミルカかレオ以外が付いている時は赤ん坊を装わなければならない。

実は、エドヴァルドの特訓の成果で、カティは一歳にしてスムーズなダッシュも受け身もばっちりだし、ちょっとした武器の扱いだって出来るようになっている。

でもそんなことを知られるわけにはいかないのだ。

だから、ミルカとの魔法の練習時間はとても楽しかった。

魔力が見えない相手であれば、部屋で魔力を使う練習をしてもいいというのも楽しさに拍車をかけている。

とはいえ、カティはいまだ魔法をうまく使えないので、体内の魔力の流れを感じることと、それを放出するという基礎練習を頑張っている最中だ。魔法のない世界の記憶が強すぎて、魔力を使うイメージが付きにくいのが原因ではないかとミルカはカティに言っていた。

部屋でこっそり魔法のイメージをしてみる。

(魔法使いと言えば……マハリクのあの人も梟《ふくろう》のあの人も杖持ってたなあ。後は箒《ほうき》にまたがって飛ぶ……呪文を唱える。他には……とんがり帽子とマント、それから鍋と……それは魔女か。うん、でもとりあえず杖！)

何事も形から！　杖を駆使して魔法を使いまくる姿を思い浮かべると、試したくなった。

「かてぃ……おとと」

部屋でカティを見守っていたミンミに、ちょっと舌足らずっぽく言ってみる。

最近、少ししゃべれるようになった体《てい》をとりつつ、周りの者とも会話を始めたのだ。

すると、侍女のミンミが笑顔で抱きあげてくれる。

「お外ですか？　護衛を二人つければ、庭まで出る許可はいただいておりますよ」

(自分の家の庭なのに、護衛がないと出られないとは……)

若干引きつつも、ありがたく護衛二人とミンミと一緒に外に出る。庭に出るのは初めてだった。

確か、公爵家の広大な庭の一角には森があるとエドヴァルドが言っていたはずだ。

(森ならきっと、杖っぽい枝があるかも！)

そう思うと、森に向かって走りたくなったが、カティが激走してしまったら皆が驚くので大人しくミンミに抱かれて移動する。

「おりゆ」

森に着いて、下ろしてもらってから、カティは落ち葉の上に座り込んだ。

地面に落ちている枝を一つ一つ拾って、手にぴったり収まる美しい形の枝を探していく。

そして、続けること十数分。ようやく長さ、重さ、太さ、枝ぶりすべてがしっくり来るものが見つかった。

カティは杖を持って、嬉しさのあまり天に向かって腕を突き上げた。

(取ったどー!!)

しかしその瞬間、手に持った枝の先から輝くような光がビームのように放たれた。

「ひゃあ!?」

その勢いの良さに、カティは思わずしりもちをつく。

「カティ様!!」

ミンミが駆け寄ってカティを抱き上げた。護衛二人も焦った顔だ。

「大丈夫ですか？　さっきの光は一体……」

「ん……」

ミンミと護衛は驚いて固まってしまったカティを抱いて、急いで屋敷に連れ帰った。

カティは部屋に戻されるとベッドに寝かされた。せっかく吟味した小枝を取り上げられそうになったが、手を離さず、泣きまねで守り通した。

しかし、カティ自身、まだ胸がドキドキしている。

これまで伝令以外の魔法は使えなかった。そこで小枝を杖に見立てて振り上げただけなのに、まさか光がビームのように飛び出すとは。

とりあえず伝令魔法をエドヴァルドに飛ばして、伝えたいことがあると言ってみる。

するとしばらくして、ミルカがやってきた。

「カティ様、すぐに様子を見てくるようエドヴァルド様から指示がございました」

どうやら忙しいエドヴァルドはすぐに戻ってくることは出来ず、ミルカを寄こしてくれたようだった。他に誰もいないことを確認して、カティは勢いよく話す。

「私もびっくりですよ！　枝からビームが出て……」

「ビーム？」

「あ……え～と、強い光の帯というか光線です」

前の世界では、「魔法使いと言えば杖」と思い出して、試してみたのだと伝えた。ミルカは興味深そうな表情でカティの話を聞き、頷いた。

「なるほど、魔法の概念がなかったからうまく使えなかったのでしょうね。それが杖のおかげで秘めたる才能が花開いたのですよ」

「でもビームが出ただけですよ？　何も起こりませんでしたよ？」

「そのびーむ、というのを一度見せていただけますか？」

「えと……出来るかどうか分からないけど」

カティはさっきと同じように、杖を天に向けて振ってみせる。何も起こらなかった。

「杖を触ってもよろしいですか？」

そう言ってミルカは、カティが持つ杖の先をそっと握った。

「カティ様、私が魔力を誘導いたしますので、体内から手に、そして手から杖に向かってご自身の魔力を動かしてみてください」

「はい」

ミルカが触れてくれると、彼の手に沿ってきちんと自分の魔力が進んでいくのが感じられる。

「今のところ魔力の流れに問題は出ていないようです。それで杖の先から光が出るようイメージをして……今です！」

ミルカの掛け声に、カティはえいっと杖を振りあげた。

すると、杖の先から光が出て天井に当たった。

天井に当たった光は先ほどよりは弱々しく、ホワンと霧散してしまったが、カティは目を輝かせる。

「出た！　ミルカ先生、ありがとうございます！　これは何の魔法ですか⁉」

するとと、光を見ていたミルカは何やら驚いた様子で口元を手で覆っている。それからゆっくりと口を開いた。

「……そうですね。詳しく申し上げるのは、エドヴァルド様に報告をしてからにいたしましょう。それまでは決して人前で使わないようにお願いします」

その真剣な顔に頷くと、ミルカが頭を撫でてくれた。

夕刻になり、エドヴァルドが帰宅すると、すぐにカティのところへ来てくれた。

「杖から光が出たと聞いたが？」

「はい。だけど光が出ただけで何も起こらないのですが……」

「……そうか。一度見せてほしい。ミルカ、頼む」

ミルカが先ほど同じようにカティを誘導すると、また杖から光が飛び出した。

「これだけです……光が出るだけ」

(せっかく何か凄い力が開花したと思ったのに……ただのポインター……)

カティがそう言って項垂れると、エドヴァルドはミルカと一度視線を交わして、顎に手を当ててから言った。

「私に当ててみろ」

「ええ？　それはちょっと……。もし何かあったら怖いんですけど」

本当にただのポインター的な光だったらいいが、万が一、人に当てたらレーザーみたいに焦げたり、やけどしたりしたらどうするのだ。

しかしエドヴァルドはあっさりと首を横に振った。

「構わない。もし光に攻撃性があったとしても、お前の魔力では私を害せない。早くやれ」

ミルカを見ると頷いているから大丈夫なのだろう。

（まあ、でも……光の魔法と言えば聖なる力とか、聖女とか！　よし、とう様の疲れが取れますように！　元気になりますように！）

ただでさえ、多忙の中、ただのポインターのために帰ってきてくれたエドヴァルドのために、思いを込めてカティは再び杖を思い切り振った。

すると、眩《まばゆ》く強い大きな光が杖からあふれた。

光の帯が出た時とは異なり、放射線状にあふれ出た光がエドヴァルドを包む。その瞬間、エドヴァルドの姿全体が強く光り、一瞬姿が見えなくなった。

「と、とととう様!?　だ、大丈夫ですか!?」

「落ち着け、問題はない」

スッと光が消えると、いつもと変わらないエドヴァルドがそこにいた。カティはほっと胸をなでおろす。

「よ、よかった……」

エドヴァルドはミルカに向かって一つ頷くと、カティを抱き上げて視線を合わせた。

至近距離で美しい顔のエドヴァルドに黙って見られると、恐怖でしかない。

カティの口が勝手に謝罪する。

「……ごめんなさ……」

「謝る必要はない。お前は……本当に得難いな」

エドヴァルドは笑みを浮かべるとカティを胸に抱き寄せ、頭頂部にキスをした。

(ひぃいっ！　キ、キス。頭にキス！　それに表情筋紛失鬼畜がまた……笑った……なんで？)

パニックに陥るカティにエドヴァルドは涼しい顔で問題ないとしか言わない。

そしてカティのビームについては何も言ってくれず、今後むやみに人だけでなく、動物、植物にも光を当てないようにときつく約束させられたのだった。

ただ、人前では使わないことを条件に練習することは許してくれた。


(むう……何も出ない。この杖のおかげじゃなかったのかな……)

その数日後、カティは自分の杖をじっと見つめていた。ただの小枝。最初に振った時はこの先から光がビームのように飛び出したが、今は何度振っても何も出ないし、起こらないのだ。

ミルカに誘導してもらった時は出来るのだが、一人になると光は出ない。

(やっぱりあれはたまたまだったのかなぁ)

だが、初めての時、ミルカがいなくとも光は出たのだから、出来るはずなのだ。

見守っていたミルカが、しょんぼりしているカティに声をかける。

「カテイ様、初めて杖を使った時はどのようにされましたか？」

「えと……杖が見つかったのが嬉しくて確か……」

調子に乗って、高揚感満載で杖を突きあげた気がする。

「では、そのようにもう一度、楽しい気持ちで振ってみてはいかがでしょう」

「ええ？」

一瞬そんなことで？　と思ったが、杖を見つけた時、海の魚をモリで捕まえた時のように杖を振り上げた事を思い出し、カテイは天に向かって杖を突きあげた。すると、強い光が杖から発射され、天井にぶつかった。天井にぶつかった光は粒子となり放射線状に広がって霧散していく。

ただのポインターにしか見えない。でも……

「おおっ！　出た！」

カテイは喜び、ミルカも感じ入ったようにそれを見つめた。

「カテイ様、素晴らしい！　慣れると、きっともっと簡単に出力出来るようになりますからこの調子で練習を続けましょう。エドヴァルド様に会った時には成果もお見せしてあげてくださいね」

「はい！」

それから、カテイが魔法の練習をしたがっていることを聞いたエドヴァルドが指示してくれたらしく、一人になる時間が増えた。

その時間に練習を地道にやっていると、手先でちょこっと振るだけで光線が出るようになった。

しかも気合の入れ方でビームの太さや輝き方など量の調節も出来るようになった。

今日もほいっ！　ほいっ！　と心の中で掛け声しながらカティは杖を振る。壁に飾っている絵画、壺、壁の絵などを狙って杖ビームを発射すれば、ほぼ百発百中で当たるようになっていた。

（なるほどなるほど。気合だな。杖プラス気合。でもやっぱり光が出るだけ？　ポインターくらいにしか使えないんじゃ？　……役に立たない魔法。だからミルカ先生もとう様も何の魔法か教えてくれないのかも）

光線が当たったところが焼けるわけでもひびが入るわけでもない。水が発生することも風が生まれることもない。

「ただのポインターだった……初の魔法が」

初めてちゃんとした魔法が使えるとワクワクしていたカティはしょんぼりと肩を落としたのだった。

○多忙なエドヴァルド

しばらく忙しそうにしていたエドヴァルドだったが、ついにこの三日ほど屋敷に戻ってこなくなった。

当然侍従のレオもエドヴァルドについており、魔法の指導でミルカが来てくれる時以外は、話し相手すらいない。カティは退屈な毎日を過ごしていた。

エドヴァルドが帰って来なくなってから三日目の昼過ぎ、カティは侍女のミンミに連れられてよちよちと庭を歩いていた。

いくつかの離れや温室、池もあるが特にカティが好きなのはサーラという木だ。

春になると、サーラの木には桜に似たピンク色の花が枝一面に咲き乱れ、まるでピンクの羽衣が空にかかっているような幻想的な景色を紡ぎだす。

その木が三十本ほど植えられた一角は神の世界に迷い込んだような美しさだった。今はちょうどサーラが咲き誇っている季節で、カティはどこか懐かしく感じるその景色を見ながら散歩していた。

すると、急に周囲で屋敷の使用人たちが動き出す。

サーラの木の下にテーブルや椅子が運ばれて、美しいクロスで覆われたかと思うと、茶器や皿がのせられ、あっという間にお茶会の準備が進められていく。

「まあ、何かしら。予定は聞いていないけれど」

ミンミが戸惑っていると、屋敷の執事がやってきた。

「エドヴァルド様から連絡があり、隣国の王女の要望で大至急お茶会の用意をすることになったのだ。カティ様をお部屋にお連れするように」

「分かりました。ではカティ様をお部屋にお連れいたします」

「カティ……おちゃかい！」

慌ててカティを抱き上げるミンミに、お茶会に参加したいと意思表示をしてみた。

(見たい見たい！　とう様が忙しかったのはその王女様のため？　とう様がそこまでする王女様が

見たい！）

それに、あの表情筋を紛失したようなエドヴァルドがどんな顔で王女様をもてなしているのかも非常に興味がある。もしかしたらもしかすることもあるんじゃない？

そう思いつつ、キラキラした顔で執事とミンミを見てみるが、ミンミはにっこりと微笑んで首を横に振った。

「カティ様の初めてのお茶会はカティ様が主役の時ですよ」

それからさっさと部屋に戻されてしまい、カティはむすっと膨れる。しかしミンミは気にもせず、おやつを用意した。それはそれ、これはこれなのでおやつとミルクはおいしくいただく。

散歩とおやつのおかげで眠気がやってきて――ふと目が覚めると何かにくるまれていた。

「？」

周囲を見ると、エドヴァルドが自分を腕に抱きながらソファでお茶を飲んでいるようだ。

眠っている間に、いつの間にかエドヴァルドの部屋に連れてこられていたようだ。

「とう様、お帰りなさい」

「ああ、すまない。起こしてしまったか」

そう言うエドヴァルドの顔は相変わらず恐ろしいほどの男前だが、疲れが読み取れる。

三日ぶりのエドヴァルドの姿に、なんだかホッとして思わずカティは微笑んだ。

「とう様、お仕事お疲れさまでした」

「いや。まだ終わったわけではない。ただ先に客人は帰したから少しゆっくりしてから城に戻る」

「ええ？　ちょっととう様をこき使いすぎじゃあ……お城では少しは休めるのですか」

「ほどほどにな。他国の王族を迎えるとなると、忙しいものだ」

どんな仕事でも簡単に成し遂げるように見えるエドヴァルドを、これほど疲れさせている仕事とは一体なんなのだろう。他国の王族を迎える準備くらいで、家にも帰ることが出来ずそれほど疲れるものなのだろうか。

「とう様はベッドでゆっくりお休みください。仕事のしすぎで体や心を壊すと大変ですから」

カティはエドヴァルドの腕の中から抜けようと、もぞもぞ動く。

しかしエドヴァルドにひょいと抱えなおされてしまった。

「お前とお茶をしてから戻る。いつものようにお前を連れていければ、疲れも飛ぶのだが」

エドヴァルドがそんな風に思っていたことに驚いた。ただ、王宮でのカティの諜報活動を期待して連れていかれているとばかり思っていたから、なんだか嬉しい。

ついでにミルカから、今度エドヴァルドに光の魔法を見せるように言われていたことを思い出した。

「とう様、ポインター魔法使ってもいい？　ミルカ先生がとう様にどんなに上手になったか見てもらいなさいって」

「そうか、では、見せてもらおう」

カティが杖を振ると、エドヴァルドの身体がまたまばゆい光に包まれる。

物に当てた時とはやはり違う反応に、二度目ながらも心配になるが、エドヴァルドは平気なようだ。

「一人で魔法が使えるようになったな。よく頑張っている」

そう言って、エドヴァルドがカティの頭を撫でてくれる。

「えへへへ。でも……光が出るだけだけど……」

「それでいい。ただくれぐれも人前で使わないように。もう少しゆっくりしていたいところだが、王宮に戻らなくてはならない。屋敷の中は安全だが、気を付けるように」

エドヴァルドはそう言って王宮へと戻っていった。

§

王宮の中を、エドヴァルドが闊歩する。

ローベンス王国に、隣国の特使としてやってきたのは第二王女のカトリ王女だった。

そして王女にふさわしいエスコート役としてエドヴァルドが選ばれたのだ。渋ったが、職務のため不本意ながら引き受けることとなった。常日頃から令嬢たちの注目を浴びるエドヴァルドが夜会用に正装し着飾ると、その整った顔、均整の取れた姿や佇まいの美しさはより魅力が増す。

そんなエドヴァルドが、艶やかな銀髪を持ち色白で華奢な美しい王女を伴って夜会に現れると参加者の視線を釘付けにした。

カトリ王女も同様にエドヴァルドを一目見て気に入ったようで、三日間エドヴァルドのそばから離れようとしない。そうしてカトリ王女の世話役をしていたせいでエドヴァルドは屋敷に戻れなかったのだ。

（茶会を屋敷で行うという理由で、ようやく帰れたが――）

内心、そう呟きながら、王宮の廊下を歩く。

呼び出しを受けた国王の執務室に向かうと、国王が待ちわびた様子で椅子に腰かけていた。

「少しは休めたか？」

「娘と茶を一杯飲む暇もありませんでしたが」

エドヴァルドは不機嫌を隠さずに、国王を見る。実際はカティのおかげですっかり疲れは取れ、心身ともに充実しているがそんなことを言う必要はない。

国王はそのエドヴァルドの様子に、申し訳なさそうに肩を縮めた。

「いや、すまん。カトリ王女がエドヴァルドを待っている。晩餐を一緒にしたいと」

「私は彼女のお守りではない。今日戻ってきたのは、必要以上の王女の世話ではかどっていない仕事をするためです。晩餐まで一緒にする理由はありませんよ」

「そういってくれるな。王女はお前との縁を望んでいるのだ」

『縁』とは婚約のことだろう。隣国の王女は公務のみならず、パーティのエスコート、食事の同席、余暇の話し相手、観劇や買い物に至るまで滞在中のほとんどをエドヴァルドに随行させている。

エドヴァルドは王女に一切興味などないが、無下にも出来ない結果、カトリ王女がどんどん増長しているのだ。

エドヴァルドは深く溜息をつくと、国王を見つめた。

「陛下、宰相として申し上げます。隣国との関係強化なら王族としてお迎えすべきでしょう。第二王子はカトリ王女よりも三つも若いですが、政略結婚であれば問題ない」

「ほかならぬ王女の望みだ」

「陛下は私一人いけにえに差し出せば外交がうまくいくとお考えですか。良いでしょう。どうなってもよいのであればお任せください。婚約した後は気を使うことなくそれなりの対応をさせていただきます。隣国との関係は悪化するのは確実ですがよろしいですね」

そうノンブレスで言い切ったエドヴァルドに、さすがに国王が顔を引きつらせる。

「……すまなかった。宰相としての仕事を頼む」

「ご理解いただきありがたく存じます。では失礼します」

カトリ王女の滞在はあと十日。その間、我慢すればいいとため息をつく。

エドヴァルドは自分の執務室に行くと、山のように積まれた書類に取り掛かるのだった。

§

今日は朝からずっと雨が降っている。

カティは自分の部屋でミンミに絵本を読んでもらっていた。

（えぇ〜？　子供の読みものなのに人がバンバン死んでる……こっちの世界怖っ）

そう思いつつ、楽しんでいるとノックがあり、執事が顔を出した。

「ミンミ、カティ様のお召し替えを」

「かしこまりました」

カティはオレンジの可愛いドレスに着替えさせられ、ミンミに抱かれて応接室に向かう。

応接室には知らないちょび髭《ひげ》の男性が座っていた。

「お待たせいたしました。こちらがユリ公爵家が長女、カティ様でございます」

執事がそう言い、ミンミがカティを抱いたまま頭を下げる。

ちょび髭《ひげ》の男は国王陛下の使いだった。

「突然の訪問、お詫びいたします。カティ様をお迎えに参りました。こちらが陛下からの招待状でございます」

国王陛下の印で封じられている手紙が執事に渡される。

執事の読み上げによると、手紙には、この国にとって重要な局面のため宰相を帰せない旨と、そしてカティがエドヴァルドとともに王宮で過ごせるよう手配するので、王宮に来るように書かれているようだ。

「我が主――エドヴァルド様はこのことを了承されておりますでしょうか？」

執事が使者に確認すると、国王から国のために尽力してくれているエドヴァルドへの気遣いであるから、内密に招きたいとのことであった。

国王からの招聘《しょうへい》であれば執事の一存で断ることは出来ない。

チラリと執事の視線がカティに向いたが当然のごとくカティにも返事は出来ない。わずかな逡巡の後、執事は深々と頭を下げた。

「仰せの通りにいたします。準備がありますので少しお時間をいただきます」

使者が待っている間に、ミンミとカティは王宮に行くための準備を始めた。そして、お気に入りのぬいぐるみと着替えを持って王国の紋章付きの馬車に乗り込む。

公爵家からも護衛を出すと言ったが王家からの護衛騎士が自分たちの任務と言いはり、両者の間で少し意地の張り合いがあった。

結局王宮の護衛騎士に守られてミンミとカティは王宮に向かうことになった。


（なんか……ぞわっとする）

馬車が動き出してからカティは背筋に寒気を感じて顔を顰めた。

その感覚は、かつて初めて夜会に行った時に感じたものに近い。

その時、ミンミの腕の中にいるカティに、使者が顔をほころばせて言った。

「私にも少し抱かせていただけませんか？」

「いいえ。主からきつく言われておりますので申し訳ありません」

「そうですか、エドヴァルド様はカティ様を大事にされているのですね」

ミンミは申し訳なさそうに頭を下げて謝罪したが、使者はカティの頭に勝手に手を伸ばす。

赤子とはいえ、公爵家の令嬢に勝手に触れるなどあってはならない。ミンミが無作法な王宮からの使者に苦言を呈そうとしたときだ。

「ふえぇ～ん！」

カティは大きな泣き声を上げた。

「ふふ、元気なご令嬢ですね」

そう使者が言った時、大きな衝撃が三人を襲った。ミンミはその衝撃でカティを抱いたまま馬車の内壁の側面に叩きつけられる。

（ミンミ！）

ミンミの腕に守られたおかげで、カティの身体には何事もない。しかしミンミは意識を失ったようだ。急いで視線を外に走らせると、三人が乗っている馬車に、別の馬車が衝突したようだ。おまけにその馬車の荷物が崩れ、発火していたのか外が煙っている。

（何かおかしい……）

ぞわぞわした感じがひどくなる。

ふと見ると、ミンミの隣に座っていたはずの使者は傷一つなく、カティを見つめている。

しかし護衛たちが慌てて暴れた馬を捕まえ、馬車から三人を救い出し、消火に当たってくれた。

無事であった王宮の使者は急遽用意された荷馬車に案内される。ミンミは、布を敷いて作った簡易寝所に寝かされる。騎士が脈を確認し、大きな怪我がないか確認してくれた。

「医者の手配と王宮への連絡はしております。今しばらくのご辛抱を」

騎士が申し訳なさそうに伝えてくる。

「とうたまぁ……うあ〜ん」

馬車から救出された後、使者を関係者だと思った騎士は、カティの保護を彼に託してしまった。

背筋から漂うゾクゾク感から逃れようと、身を捩《よじ》って泣き、なんとか使者から離れようと騎士に向かって両手を伸ばす。

「王宮から迎えが来るまで私が彼女を見ているよ。ここは私がいるから君は行ってくれていい。現場は大変なんだろう？」

使者が割り込んで、騎士たちを遠ざけてしまった。

（ああ、これはやっぱりこいつ――）

もうひと泣きして、誰かを呼ぼう、とカティが息を大きく吸い込む。

「君は泣かないと聞いていたのに、よく泣くね。このままじゃ困るなあ」

しかし、ちょび髭《ひげ》の使者は口元を歪めて笑うと、カティの口元に何かを押し当てた。

呼吸を止めるのが間に合わず、ツンときつい薬品のような臭いがしたかと思うと一瞬にしてカティの意識は途切れてしまった。

§

「お前がカティか？　私を覚えているか？　……お前の祖父だぞ」

そんな声でカティが目を覚ますと、そこは知らない場所だった。うっすらと目を開けて、周囲を見渡す。すると一人の老人がカティを抱きかかえていた。

狭い部屋だ。ほとんど唯一の家具に見えるテーブルの上にはワインのボトルと飲みかけのグラスが置いてある。天井から伸びた鉄製の鉤《かぎ》にランプがつるされているが、全体を薄暗く照らしている程度の弱々しい灯りだった。

祖父という男の顔ははっきり分かるが、貴族年鑑でも見た覚えがない。

家の壁も天井も板張りで、どう見ても貴族の屋敷ではなく、平民の家だ。

ということは貴族街から随分遠くに運ばれてきたことになる。

(赤ん坊に薬を使うなんて鬼畜以上に鬼畜だな!)

似合わないちょび髭《ひげ》をはやしていた使者の顔を思い出し怒りが湧いてくる。赤ん坊のような小さい体に薬など使用すると下手をすれば命の危険もある。

しかし、この部屋にあの使者の姿はなく、カティの祖父だと自称する酔っぱらった男が一人いるだけだ。

なぜこんなことになっているのかさっぱり見当がつかなかったが、誘拐されたのだということはハッキリしていた。

「私の娘はな、ユリ公爵の弟……お前の父様と結ばれて幸せにやっていたんだ。なのに!　公爵に懸想《けそう》されて夫を殺され、お前ともども王都に連れていかれた後姿を消したのだ!!　お前はよくぞ無事で……」

男は、そう言ってカティの頭を撫でながら、涙を流している。

「ユリアンナはお前を手にかけようとしたなどとあらぬ疑いで処罰されたと聞いた、もう……生きてはいまい。私も責任を取らされて没落し、お前を引き取ることも叶わなかった。怖い目に合わせてすまなかったな」

その声は優しく、どうやらすぐにカティを傷つけたり殺したりするつもりはなさそうだ。しかも話の内容から察するに、この男は自分を殺そうとした母の父、すなわち本当に祖父なのだろう。

でも。

（……とう様が鬼ばばあに懸想《けそう》して私のお父さんを殺した？　ないない、絶対ない!!　鬼畜にそんな感情はない!!）

エドヴァルドを信じる信じない以前に、そんなことはありえないとカティは確信する。

しかし、男は泣きながらカティに愚痴るのを止めない。

「お前の母様と父様はなあ、お前が今父親だと思っている男に殺されたんだぞ。私の娘はユリ公爵を拒《こば》んだせいで殺されたんだ、あの男は……自分勝手な悪魔のような男なんだ！」

（まああそこは、激しく同意。でも、鬼ばばあは私を殺そうとして処分されたのであって、あのとう様が鬼ばばあを望まれたことなど一回もない！　はず！）

カティは本当の父親をあまり詳しく知らない。任務中に命を落としたということを聞いただけだ。

しかしこの祖父という男が言っていることは荒唐無稽すぎる。

「娘を殺した上に、お前まで虐待されていると聞いた。だがもう大丈夫だ。ユリアンナの忘れ形見のお前は私が大事に育ててやるからな」

（鬼畜以外からはこれ以上にないほど大切にされております。なぜこんな妄想を？　しかも……）

娘の所業の責任をとらされて没落したらしいこの男が、王宮に向かうカティの予定など知るはずもない。故意に事故を起こす算段も準備も出来るはずはなく、誰かの協力なしでは今回の誘拐劇は成り立たない。

それに少なくともあのちょび髭《ひげ》の持っていた国王からの招待状は本物だったはずだ。

このところは使っていなかった、間諜としてのカティの頭が回転し始める。

とすれば、今回の呼び出しを知る王家に近いものが関わっている――つまり黒幕がいるはずだ。

（この間のサンダル侯爵の誘拐と関係はあるのかな……）

カティは考え込み、はたと気づく。

（あれ？　今、私かっこよくない？　まさに見た目は赤ちゃん、頭脳は大人。その名も名諜報員カティ！）

こんな状況にもかかわらず、自画自賛でご満悦に浸っていたところ、急に抱き上げられ、カティはびっくりして目を開けてしまった。

途端に、男が相好を崩す。

「おお、カティ。起きたか？　お前の祖父だ、分かるか？　よしよし、怖い目に遭わせてしまったな。もうわしがいるから大丈夫だ」

本当にカティを慈しんでいるかのような優しい声色に、カティは身体に入れていた力を緩めた。

抱っこされても、あのちょび髭《ひげ》の時のように不快さも恐ろしさも感じない。

「そふ？」

「ああ、じいじだ。お前のじいじだよ」

「じいじ……じいじ」

「そうだ、お腹は空いていないか？　何か食べられるか？　ミルクの方が良いか？」

名前を呼ばれた男は、涙をこぼしながら嬉しそうにカティの世話を焼き始める。机の上には酒以外に、ミルクが入ったコップや小さく切ったフルーツ、パンなど色々並べられていた。

「じいじ」

カティは小さなクッキーとミルクを飲むと、クッキーを一枚持って男の方に手を伸ばした。

「じいに、くれるのかい」

そう言うと、男はうれし泣きのような顔で、カティの手から、震える手でクッキーを受けとった。

「お前だけは絶対に守ってやるからな」

男はカティの頭をそっと撫でると、出かける用意を始めた。その表情、仕草、どれを取っても彼はカティを優しく扱おうとしているようにしか見えない。

（ってことは、じいじは誰かに嘘八百を吹き込まれて、とう様から私を助けようと、誘拐に協力したんだ……）

「これからまた外に出るが、泣かずにこらえてくれよ」

そう言って、祖父はカティを抱くと雨の中、外に出た。

強い雨がカティに当たらないように、男は懐《ふところ》の中にカティを抱いて進もうとする。

すると、その進路を妨害するように、一台の馬車が止まった。

（何？）

その扉が開くと、若い令嬢が扇を手にして座っている。カティはコートと祖父の身体の隙間から令嬢を睨みつける。

令嬢はそれに気が付かないまま、男に話しかけた。

「まあ、こんな雨の中大変ですわ。どうぞ、お入りになって？」

「え？　いや……私は大丈夫ですから。ご親切に」

祖父は断ったが、令嬢は誘うことをやめない。

「でも、小さな子を連れていらっしゃるようですわ」

「いや……それは……」

「遠慮なさらないで。屋根のある所までお送りいたしますわ」

紋章はないものの、高位貴族が乗るような立派な馬車だ。

馬車に乗っている令嬢は、気品のある優しい声色で、三度《みたび》祖父を誘う。

祖父はどちらかというと遠慮していたようで、令嬢に勧められると、足を踏み出そうとする。

しかし――

「じいじ！　駄目！　逃げて！」

その馬車から聞こえてくる女の声に、聞き覚えがあった。

懐《ふところ》の中から焦った声でカティは祖父に叫ぶ。

（しゃべれるってばれちゃうけど、躊躇《ためら》ってる場合じゃない！）

「え？　カティ？」

「いいから早く逃げて！」

急にしゃべりだした赤ん坊に叱咤されても、何がなんだか分からないだろうが、幸いにも祖父は馬車から離れるように走り出してくれた。

同時に、令嬢が扇を閉じる音がやけに耳についた。

「あっちに行ったわ」

先ほどとは異なり、冷たさを感じる令嬢の声に、思わず祖父が振り向く。令嬢しか乗っていないように見えた馬車から、数人の男が降り始めていた。

「カティ……！」

カティを強く抱きなおすと、祖父は走り出した。

（じいじ……）

ぎゅっと強く抱かれると、祖父の温もりが伝わってくる。カティは必死で祖父にしがみついた。

祖父は夜の街を走り続ける。

雨のおかげで視界が悪く、幸い相手から見えにくいようだ。そうでなければ少し年を取り、おまけに酒を飲んで酔っている祖父などすぐに追いつかれ、捕まってしまっただろう。

街の中に入ると、呼吸を荒くしながら必死で走り続ける祖父のコートの裏から、カティが周りを見渡して叫ぶ。

「じいじ、そこ左に入って！　その壁のくぼみに入って動かないで！」

カティにはここがどこかは分からない。ただ、これ以上祖父が走り続けると体調を崩してしまいそうだ、と強く感じていた。

街の中心から離れたこの辺りは、明かりも少なくて身を隠しやすい。

二人は暗がりと雨に乗じて細いわき道に入り、壁が引っ込んだところに身をひそめた。

その直後に、馬車の車輪が雨に濡れた石畳を走り、カティたちがいる路地を駆け抜けていく音がする。

カティはほっとしたが、すぐに気を引き締めて、エドヴァルドに伝令魔法を飛ばす。

「誘拐。場所不明、たぶん平民街。捕まりそう。助けて。空に注意して」と。

（じいじは元貴族。体力もないだろうし、雨に濡れて体も冷え切ってる。すでにこの逃走劇で疲労困憊《こんぱい》だろう。このままだと捕まっちゃう――）

息を詰めると同時に、男たちがカティと祖父を探し回る声がする。

「相手は赤ん坊連れだ。遠くには行けまい」

「手分けしてわき道をしらみつぶしに探していくぞ。一人は大通りで見張れ！」

徐々に雨脚が弱まってきていた。雨に濡れなくて済むのは嬉しいが、雨脚が弱まるにつれて追跡者の声が聞こえるようになっている。

今までは雨に紛れて逃げられていたが、こちらが見つかりやすくなってきたということだ。

「じいじ、どこかお店に入って！」

カティは男が二人通り過ぎたのを見てから、祖父を振り返った。祖父はぎょっとした顔で、再び指示を飛ばしてきたカティを見つめる。

「カ、カティ、お前は……」

「そんなの後！　早く店に入って！」

驚く祖父に構わず指示をすると、祖父は暗がりにぽつんと灯《とも》りが灯された酒場に飛び込んで、内側から鍵をかけた。

酒場の主人と数名の客が一斉にこちらを向く。

「なんだ、お前は⁉」

いきなり入ってきて勝手に店の鍵をかけたずぶぬれで怪しい様相の祖父を、店の主人が誰何《すいか》する。

「なに？」

祖父は一歩も譲らず、首を振った。

「追われてる！　かくまってくれ！」

店の主人が訝《いぶか》しそうに顔を歪める。

「たちゅけて」

「「なっ⁉」」

しかし懐《ふところ》からカティがもぞもぞ顔を出すと、主人も客も驚いたように声をあげた。必死にカティが主人を見つめる。すると彼は大きく頷いた。

「よし。分かった。どけ」

カウンターの裏から彼が出てくると、内鍵の他に大きな木で閂《かんぬき》もかけてくれた。

身を強張らせていた祖父がその動きにほっと、胸をなでおろす。

カティは祖父のコートを引っぱって床に下ろしてもらうと、酒場の主人に笑顔で駆け寄った。

「あ～と」

（本当にありがとう！）

主人もそれには思わず笑みを浮かべた。酒場に穏やかな空気が流れ始めるが――

カティがホッとした時、ドアがどんどん叩かれた。

主人が心配するなというように頷いてくれる。しかし、ドアの外からの声に彼の顔が顰められた。

「ここに赤ん坊を連れた男が来ただろう？　そいつはその子を誘拐してきたんだ！　我々は攫《さら》われた子を捜索しているんだ、ここを開けてくれ！」

「はあ⁉」

店の主人がびっくりしたように祖父を見る。

祖父の顔が馬鹿正直に強張り、「いや、あの」と、うろたえる。

（じいじ～！　しっかり！）

カティは慌てるが、既に店の主人は扉の閂《かんぬき》を抜いていた。

内鍵に手をかける姿に祖父が青ざめる。

「待ってくれ！　違う違うんだ！　この子を助けるために……」

「話はあっちの話を聞いてからだ」

店の主人はそう言い捨てて、内鍵を開けた。

(だ、だめ――!)

カティはその一瞬の隙に床を走り抜けると、二階への階段を上がった。

(場所を知らせないと……)

それと時を同じくして、三人の男が勢いよく店の中に入ってきて、祖父を捕まえた。

「店主、騒がせてすまんな」

三人のうちの一人は人当たりのよさそうな顔で詫びる。店主は男の腕の中で暴れる老人を見て、首を横に振る。

「この男が子供を誘拐したというのは本当か?」

「ああ、公爵家のご令嬢が誘拐されて、必死で行方を捜していたところだ。協力に感謝する」

「なんと!」

「さて、赤ん坊はどこに?」

男の声に、ハッと店主が周囲を見た。

――その頃、カティは二階に窓があるのを見てほっとしていた。

(これでとう様に……)

そう思って窓の外に向かって大きく手を振る。

しかし、何も起こらない。

(なんで肝心な時に! 杖がないから⁉)

焦ったカティは一度深呼吸をしてから、エドヴァルドに届くよう祈りを込めて手を振り上げた。

(出でよ、ビーム！)

その瞬間光が空を貫いた。

(やった！　よし、もう一回……)

そう思ってもう一度手を振ろうとしたところ、にゅっと腕が伸びてきた。必死に抗おうとするが、大人の男にかなうはずもなく、カティは抱きかかえられてしまう。

「やぁーーー！」

「カティ！　カティに触るな！　お前たちは信用出来ない！　騎士を、騎士を呼んでくれ！」

二階から下りてきた男たちの手にカティの姿があるのを見て、祖父が悲痛な声で店主たちに訴える。

「お騒がせした」

しかし男たちはそんな祖父を引っ立てるように歩かせ、カティを抱いた男がそれに続こうとする。

カティの暴れっぷりを見た店主が訝《いぶか》しげな表情になったとき、再びドアが開いた。

「そこの者たち動くな！」

(よしっ！　来てくれた!!)

現れたのは、ユリ公爵家の紋章を胸につけた騎士たちだ。

待ちに待った助けが来た。カティは心の中でガッツポーズをとった。

(後はこいつらが誘拐犯の一味だと分かってくれれば……)

「カティ様！　ご無事で！」

「なんだ？　貴様らは！」

明らかに身分の高そうな様子の騎士たちに、カティを抱えた男たちが顔を顰める。

その様子を見て、騎士たちがわずかに視線を送りあった。カティは祈るような気持ちで、騎士たちを見つめる。すると、騎士の中で最も身分が高そうな男が一歩前に進み出た。

「我らはユリ公爵家騎士団、カティ様救助及び誘拐犯拘束の任務のためここに参った。そなたらは？」

「我らは……」

ユリ公爵家の名前に、男たちに動揺が走る。

はっきりしない男たちの代わりに、店主が答えた。

「その男がうちの店に逃げ込んできたんだが、彼らは誘拐犯を追ってきたと言っていたぞ。なあ？」

店の客に聞くと皆が頷く。騎士はその言葉に朗らかな笑みを浮かべると、さらに一歩前に進み、男たち——正確には男の腕の中にいるカティに手を伸ばした。

「おお。それはかたじけないな。助かった。ただ、詳しい事情をお聞きしたいので一緒に屋敷に来ていただけるか？」

「いや、誘拐犯を見つけたのはたまたまだった。公爵様のお力になれてよかった。こいつは我々が王宮騎士団に連れていきますんで——」

伸びてきた騎士の手を避けて、男がそう言うが、公爵家の騎士はにっこりと笑うばかりだった。

「今回の件は公爵家主導のもと、調査が行われることになっている。その男とカティ様を渡していただこう」

その無言の圧力に男たちはやがて屈した。カティは粛々と騎士に渡される。

(さすが鬼畜の部下!)

しかし、彼らはなぜか祖父の身柄を渡すのを渋る様子を見せた。

「この男は渡せない。我らが捕まえた証拠として直接公爵家に連れていく!」

「ここにいる店主と客が証人だ。貴殿の手柄を横取りするようなことはない」

「うるさい。お前たちに指図されるいわれはない! 子供が戻ったのならそれで構わないだろう!」

その言葉と共に、男は祖父の腕を強引に掴むと、ドアの前の立ちふさがる騎士たちを突き飛ばそうとする。

しかし、騎士の身体はびくともしない。

「くそう、どけっ! 我々は善意の第三者だ!」

(やばい、やばい。こいつらが逃げるのを阻止しないと……!)

カティが今流暢にしゃべって彼らを止めることは出来ない。

魔法宮行きになってしまう……というかそもそも騎士に抱かれているせいで手も足も出ない。とにかくなんとかして知らせないと! と焦った瞬間だった。

「その者ら、全員拘束せよ」

低く厳しい声で指示が飛んだ。

（とう様！）

そこには待ち焦がれていたエドヴァルドの姿があった。雨に濡れてはいるが、その美丈夫っぷりと威厳は市井の酒場でも有効だった。今ほどエドヴァルドの冷たく恐ろしい顔を見て嬉しくなったり、安堵したりしたことはない。

（これでもう大丈夫）

エドヴァルドの姿を見たら、緊張から解放され、カティの全身から力が抜けた。

ホッとしてうっすら涙を浮かべて騎士に抱かれたカティを見たエドヴァルドは、一瞬目元を緩ませる。しかしすぐにその青黒の目を厳しくすると、拘束された男たちに向けた。

「その者たちを外に連れ出せ。——酒場の主人、失礼した。今夜の補填などは王国が行う。あとで手紙を寄こすので、確認してくれ」

「へ、へい！」

そう言って、エドヴァルドが外に出ていってしまう。

カティも追いかけようとしたが、「危ないですよ！」と言った騎士の腕がしっかりとカティに絡みついていた。

（ちょっとちょっと⁉　可愛い娘を置き去りなんですけど⁉）

必死に手を伸ばしてみたものの、ドアは閉まってしまう。窓から見えたのは、既に雨が止んで、濡れた街路に公爵家の騎士たちがずらっと並ぶ姿だった。

「何をする！　我々は貴殿の娘を誘拐した犯人を捕まえ、娘を取り戻してやったんだぞ！」

一人の男が、反論するのがドア越しにも聞こえてくる。

「なぜ、この男が犯人と分かった？　なぜ居場所が分かった？」

しかしエドヴァルドの冷ややかな声は男を逃がさない。

「そ、それは……たまたまだ！」

「そもそも、なぜ誘拐のことを知っていた？　我々は秘密裏に捜索を行っていたはずだが――誰から聞いた？」

淡々としたエドヴァルドの問いに男は言葉に詰まったようだ。しばらく俯いていた男は隠し持っていた小剣で拘束していた騎士に切り付け、拘束を振りほどくとエドヴァルドに襲い掛かった。

（とう様！）

しかしエドヴァルドは男の動きを予想していたようで、いとも簡単に刃を躱《かわ》した。

それどころか、腰の剣を抜くと、エドヴァルドはあっさりと男を切り捨てる。

「畜生！」

それを見た他の二人の男も騎士に体当たりをし、隙を見て逃げようとする。雨は止んだとはいえ、この暗がりで路地にでも入られたら見失ってしまう。

護衛騎士たちはエドヴァルドの命で、残りの二人も切り捨てた。

その様子に思わず硬直すると、カティを見ていた祖父が、縛られているというのに必死の形相で騎士に向かった。

「おい！　その子を助けてくれ！　あの男が来るまでにこの子をどこかに逃がしてやってくれ！頼む!!」

祖父が、そう叫び、カティのもとに近づこうともがく。

「……じいじ」

カティは思わず唇を噛んだ。

祖父にとって、エドヴァルドはいまだにカティを虐《しいた》げる存在に他ならないのだ。

カティのことを愛するが故、騙されて犯罪者に仕立て上げられてしまった祖父があまりにも可哀想に見えた。

「静かにしろ」

「あの男に渡さないでくれ！」

護衛に強く引っ張られてもなお、祖父はカティのもとに必死で来ようとする。

全身で愛情を示してくれる祖父に涙がにじんだとき、再び店のドアが開いてエドヴァルドが戻ってきた。

そして今度こそエドヴァルドはカティに手を伸ばしてくれた。

安心したからか、急に手が震え出してしまう。

涙を浮かべて手を伸ばしたカティを、エドヴァルドはぎゅうと腕の中に守るように抱き取ってくれた。ポロポロとカティの瞳から涙がこぼれ出る。

「とう様……」

「もう大丈夫だ、よくがんばったな」

「あの、あの……じいじは」

「心配するな。――連れて帰る」

そう言ってぎゅっと抱きしめてくれるエドヴァルドの腕の中で、カティはようやく安心出来た。エドヴァルドの腕の中は、とても温かく、ようやく助かった実感がわいてくる。エドヴァルドの胸元に縋りついてぐすんぐすんと泣いていると、頭のてっぺんがなんだか温かくなった。

「ん？」

「屋敷に戻るぞ」

エドヴァルドはマントをさっと翻《ひるがえ》し、カティを覆い隠すと公爵家の馬車へと乗り込んだのだった。

§

エドヴァルドとカティは、その後一度公爵邸に帰った。

サンダル侯爵の時のように、カティを誘拐した人間がまた暗殺されるようでは真相が永遠につかめない。誰が黒幕か分からない以上、王宮騎士に引き渡すことは避けたかったと、エドヴァルドは馬車の中でカティに語った。

あの時、切り捨てられたように見えた男たちだったが、死んだと周囲に思わせることで公爵邸に運び込む手はずだったらしい。

さすが鬼畜、即座にそんな策を思いつき実行するとは！　それを見たものがまたユリ公爵は血も涙もない冷酷で恐ろしい人物だと噂するのだろう。

「……でもありがとう、とう様」

祖父があの男たちにつかまった時はもうダメかと思った。

でもやっぱりエドヴァルドが助けてくれた。

鬼畜だが誰よりも頼りになる。……鬼畜だけど。

エドヴァルドに抱っこされたまま、カティが見上げると、エドヴァルドは僅かに目を細めてからカティの頭に触れた。

「ケガはないか？」

「はい」

「あのビームとやら、役に立ったな」

エドヴァルドに頭を撫でられて、くすぐったい気持ちでカティは頷く。

「雨だったから心配だったけど、騎士さんが見つけてくれてよかった」

あの時、渾身の一振りで発された大きく光り輝くビームは窓を突き抜け、雨に遮られることなく天に向かってどんどん伸びていったそうだ。そして、エドヴァルドの命令で街中に散らばっていた騎士は光の帯を発見し、酒場まで駆け付けてくれたということだった。

（まさか何の役に立たないと思っていたポインターに命を助けられるとは……今までごめん、ポインター）

そう思いつつ、カティはハッと顔を上げた。

「とう様。じいじなんですけど……」

あの時、騎士に連れていかれたままのじいじがどうなったのか心配だったのだ。

エドヴァルドはカティの言葉に、小さく頷く。

「ああ、あの愚か者の元ハハト子爵か。娘がああなら親も言わずもがなだ」

「じいじは私を助けようとしてくれただけなの。騙されていたの」

カティは誘拐された時に元ハハト子爵が言っていた話を報告した。エドヴァルドがカティを虐《しいた》げていると思い込まされていたこと、そして、そのせいでカティを誘拐するまでに思い詰めてしまったこと。

しかし、いくらその話をしてもエドヴァルドの眉間の皺は深まるばかりだった。

「事情を聞いたといって、彼を許すつもりはない。それより、お前はなぜ馬車の女から逃げるように言ったのだ？」

「……知ってる声だったの。あんなタイミングで出てくるなんておかしいし、すごく怖い感じがしたし。……多分、マルガレータ様だったと思います」

「……アンティラ公爵家か。なるほど、お前の行動の把握や誘拐計画に手配、サンダル侯爵の暗殺。あの家なら可能だ」

エドヴァルドはカティの言葉に深く息を吐いた。

カティが初対面の時に恐ろしさを感じた通り、マルガレータは裏の顔を持っていた。

令嬢個人なのか、家ぐるみなのか、今のところ詳細は分からない。

「今回は消される前に、公爵邸に犯人を監禁――いや保護している。殺害される心配はないだろう」

――今しれっと怖いことを言ったような気がしたけれど、気のせいだろう。

頷くと、エドヴァルドが表情を緩めた。

「今頃騎士団長が厳しく尋問をしているはずだ。お前は帰ったら、心配しているミンミのもとに」

「……はあい」

そうして、二人は馬車を降りた。すぐにミンミが現れて、カティに頬ずりをする。エドヴァルドはそれを見届けて、屋敷の地下牢へと向かった。

§

「何も吐きません」

「そうか」

三人の男たちは意外にも口が堅かったようだ。騎士団長の言葉に、エドヴァルドは顔を顰めると、牢に入った。男は全部で三人だ。エドヴァルドはその中から、リーダー格らしき男に聞いた。

「お前の飼い主は誰だ？」

「……」

しかし、男は薄ら笑いをしたまま何も答えない。エドヴァルドが男の喉元に剣を突き付けてもその態度は変わらなかった。

「──最後の忠告だ。答えなければ地獄行きだ。黒幕は誰だ？」

そう言われても、男は無言を貫いた。剣を突き付けられてなお、男の表情には余裕がある。

「……情報を持っている限り、殺されないとでも思ったか？」

しかしそう言ったエドヴァルドが何かをつぶやくなり、リーダー格の男の表情が変わった。

「な⁉」

男を襲ったのは冷たくて痛くてちぎれそうな感覚だった。我慢出来ず足を踏み鳴らそうとしたが、氷で地面に足がくっついてしまいどうすることも出来ない。

氷は徐々に上がってきて、すぐに男の膝までが凍った。それどころかだんだん太ももまで凍ってくる。

実際、男はアンティラ家に雇われた者だった。暴力に対する耐性は訓練で身につけてきていたし、恐怖を抑えるための薬も使っている。

しかし、このような拷問は想定していたものとは違う恐ろしさがあった。身体を這いあがってくる冷気に、薬を使っていた興奮が次第に冷め、恐怖が男の身を凍らせていく。

そんな中エドヴァルドは一輪の薔薇を手に持つと、呪文で凍らせた。

そしてポンとそれを男の足元に放り投げる。凍った薔薇は地面に落ちるなりパリンと粉々に砕け散った。

リーダーも、他の二人も真っ青な顔でエドヴァルドを見ている。これから自分の身に起こることがはっきり示されたのだ。

リーダーではない男の一人が情けない声を上げた。

「俺は、命令に従っただけだ！」

「やめろ！」

リーダーが大声で止めるも怯《おび》えた男の口は止まらなかった。

「マルガレータ様があの元子爵の家を見張れって。そこから移動したら捕まえて監禁しろと俺たちに命じたんだ！」

「なぜカティを狙う？」

「知らない！　誘拐を請け負ったやつは、俺とは関係ない。俺たちは元子爵を見張るよう命じられただけで」

必死に言い募る姿にエドヴァルドは一瞥をくれる。

「騎士団長、こいつは鉱山に送れ」

「そんな！　知ってることは皆話したじゃないか！」

「不満か？　他の二人は生きてここを出られないのだが……お前も同じでよいのか？」

既に男たちはへそのあたりまで凍り付いていていた。皮膚を食い破ってくるような冷気に、口を割った男はぶるぶると首を振り、鉱山行きを承諾した。

同時に、残されたリーダー格ではない男がまだなんとか動く腕を上げる。

「あ、俺……俺も鉱山で働かせてください！　お願いします！　精一杯働きます！　お願いします！」

「人手に不足はない。欲しいのは情報だ」

男の必死な願いを、エドヴァルドは軽くいなす。

氷が這い上がるスピードが徐々に上がり、男の胸のあたりまで来た。

男は既に吸い込む空気すら冷たいことに気が付き、必死に身を捩《よじ》りながら叫ぶ。

「役に立つかどうか分からないですけど……マルガレータ様は兄上のアルヴィ様との関係は良くありません。お、俺が知っているのはそれぐらいです！」

「お前も鉱山に行くがいい」

「ありがとうございます！」

二人の男は、粉々にされるくらいならと鉱山行きを望んだ。

「さて、他の二人は話したようだが」

エドヴァルドが最後にリーダー格の男に向き直った。しかしリーダーの男は、まだその痛みに耐えていた。殺すと脅していても結局、こうして鉱山送りにするつもりだろうと高をくっていたのだ。

何より、彼はマルガレータ嬢に心酔していた。彼女は必ず助けに来てくれる、それまでもう少し時間を稼がなくては——、その一心で、男はまた首を横に振った。

「俺は何も知らない。話すことはない」

「そうか」

エドヴァルドはそれを聞くと再び何かをつぶやいた。

男の胸あたりで止まっていた氷が、男の首へとどんどん上がってくる。せり上がってくる氷の冷たさにリーダー格の男はついに目を瞠《みは》り、何かを言おうとしたようだったが、遅かった。

声を漏らす暇もなく、男は頭の先までカチカチに凍ってしまった。

「さて、ここで壊すと掃除が大変だ。処理を頼む」

エドヴァルドがそう言うと、騎士たちは凍り付いた男を布にくるんで抱えて出ていった。

それを見た二人はガクガクと足を震わせ立っていることも出来ず、その場に崩れ落ちる。

その様子を見て、エドヴァルドが唇を吊り上げた。

「他に言い忘れたことがあるなら聞くが？」

「あ、あの元子爵を監禁した後……こ、殺せと……」

「誰を？」

「……元子爵を。数日子供と生活した痕跡を残させたのち、自死に見せかけて殺せと。……赤ん坊は元子爵に殺されたように見せかけろと……」

「ほう、殺せと言ったか。マルガレータの指示で間違いないか？」

周囲の空気が凍てつくように冷たくなってくる。

床に這いつくばったまま震えがひどくなる二人は「は、はい」と何度も首を縦に振った。

エドヴァルドは二人の様子に、小さく溜息をつく。

「幼子の命を奪おうとする貴様らなど、本来ならここから生きて出ることは叶わぬが、……また思い出すことがあるなら生かそう」

「思い出します！　必ず有益な情報を思い出しますので何卒！」

男二人は頭をこすりつけるように、エドヴァルドに願った。

「連れていけ」

そして、二人は鉱山へと連れていかれた。

§

エドヴァルドは男たちの尋問を終えると、カティを連れて王宮にもどった。

何度も狙われている以上、自分のそばから離すわけにはいかなかった。

「——とう様？」

ミンミにあやされていたカティは、疲れ果てて眠たいようだった。その小さな体を受け取って、揺らしてやると安心したように笑う。

その姿を見ていると、不思議とエドヴァルドの心が和んだ。

しかし同時に、これほどまでに直接的にカティを害そうとするマルガレータのことを考えて、エドヴァルドの顔が歪む。

なぜマルガレータがカティを狙うのか。彼女の一存なのか、アンティラ家としてなのか。

カティとアンティラ家の接点はほとんどない。国の闇の部分を背負うアンティラ家に最も遠いところにいるカティを、わざわざマルガレータがつけ狙う理由は一つしか思いつかなかった。

自分への意趣返しだろう。

野心からか、はたまた、彼らのような悪徳貴族を取り締まる自分が目障りだからなのか分からないが、カティがエドヴァルドの可愛がっている娘だからこそ目をつけられてしまったのだろう。

今回、カティの機転とハハト元子爵が裏切ったおかげで助かったが、一歩間違えればこの小さな命は失われていたかもしれない。

「……カティ」

腕の中の存在を確かめるように、エドヴァルドはカティの名前を呼ぶ。

屋敷に来た時は全く興味もなかった赤ん坊だ。

生後間もなく人の言葉を解し、前世とやらの記憶を持ち、異世界の知識を持つ不思議な赤ん坊。

初めは、興味と利用価値の高さから側に置いていたが、カティといると自分の冷たく閉ざした心が揺さぶられるようになった。遠い昔に捨てざるを得なかった感情がよみがえってくる。

いつのまにか、カティはエドヴァルドにとって大切でかけがえのない存在になっていた。

「……と、さま……」

よだれを垂らしてエドヴァルドの胸の中で眠るカティを見ていると、エドヴァルドの頬に自然に笑みが浮かぶ。

自分からこの子を奪おうとする輩をこのまま好き勝手にさせるわけにはいかない。

しかし、現段階では有効な証拠が男たちの証言しかない。エドヴァルドに敵対するアンティラ家が消えられては困る貴族たちの横やりも入るだろう。それでも、いずれは愚かな所業を必ず後悔させてやると、エドヴァルドは考えを巡らせた。


さて、エドヴァルドに相談もなく公爵邸に使者を出し、カティを王宮に招待したのは国王だった。

カトリ王女という賓客を迎えて、王宮内が大変忙しい時になぜ国王がそんな馬鹿なことをしたのか。

王宮に仕える者たちから、王女に振り回されて不機嫌オーラ満載の宰相をどうにかしてほしいと国王に訴えがあったからだ。

溺愛している娘を側に置けば機嫌がよくなるのではないか。国王のそんな浅はかな思い付きが、この度の誘拐事件の引き金となった。それで、さらに宰相の機嫌が悪くなったのである。

翌日、宰相の侍従レオから国王は手紙を受け取った。

カティを王宮に招聘した国王の心遣いへの感謝の言葉が綴られていた。

国王自身も大変忙しくて余裕がないこの時に、エドヴァルドのために（手のかかる）赤ん坊を内緒で招聘《しょうへい》してくれた国王陛下の思慮深い御心に深く感謝していること。

公爵家の護衛を断り、自らの任務を遂行せんとする優秀な王宮騎士たちをつけていただいたことに対して感謝していること。

その優秀な王宮騎士団を差し置いて公爵家の騎士団が誘拐事件を解決してしまったが、他意はなく面子《めんつ》を潰したことを平に容赦願いたいこと。王宮からの使者が犯人の一味だからと言って決して王家や王宮騎士を信用していなかったわけではないことも弁明されていた。

そして最後に、娘の誘拐で心身ともに疲労しているため、本日の王女のお世話は難しい、と感謝と詫びに見せかけた嫌味が書き連ねられていた。

静かな怒りが伝わるその手紙を受けて、国王は言った。

「今日はエドヴァルドにゆっくりするよう伝えてくれ」

その願いは非常に迅速に、伝えられた。

§

その翌日、エドヴァルドは無事にカトリ王女の世話役を辞退することに成功した。しかし、結局宰相の業務をこなすためにカティを連れて登城している。

とはいえ、王女に邪魔されることのない仕事環境は彼にとって非常に快適で、たまっていた書類を大方片付けることが出来た。やや機嫌が戻ってきたエドヴァルドにレオがお茶の用意をする。

久々の落ち着いた日常が戻ってきて、執務室に穏やかな空気が流れている。

レオは、執務室の机にそっとティーカップを置き、カティに視線を向けた。

「カティ様、今日はたくさんおやつを用意いたしました。昨日は大変恐ろしい目に遭われましたからね。少しでも元気が出ればと思いまして、いろいろご用意しております」

「うわ～い、ありがとう！　レオ、大好き～！」

ソファに座らせてもらったカティは、机の上一杯に並べられたお菓子を見て歓声を上げた。

一口大の小さなクッキー、マドレーヌ、マシュマロ、飴のような金平糖のような何か――分からないがカラフルな小さい菓子などなど、カティが見たこともない菓子もある。

そんな中、テーブルの真ん中あたりに丸くて赤い焼き菓子が見えた。おそらくいちご味か、フランボワーズのフィナンシェっぽいお菓子だ。

「うわ～っ、可愛い！　とってもおいしそう！」

カティは短い手を一生懸命に伸ばすが、目的のお菓子には届かない。

「レオ、レオ！　その赤い丸いお菓子がいい！」

「かしこまりました」

カティが幸せいっぱいの顔でお菓子を指さすと、レオがそれを取り分けてくれる。その様子をワクワクした気分で見ていると、さっとエドヴァルドの手が伸びてきて赤いお菓子を取ってしまった。

「あ……」

（とう様、ひどい……）

狙っていたお菓子を取られてカティが悲しみの声を上げる。しかし、エドヴァルドはその菓子を口に入れることなく、カティの口元に差し出した。

「え？」

「これが食べたいのだろう？」

「いや……はい、そうですけれども……ありがとうございます」

釈然としないまま赤いお菓子に手を伸ばすと、スッと菓子がカティの手から遠のき、唇に押し当てられる。

「……っ!?」

何事が起こったのかとカティは固まった。

「ほら、口を開けろ」

エドヴァルドの声におずおずと口を開くと、お菓子がそっと口の中に運ばれる。

そのお菓子を一口かじると、思った通りフランボワーズの甘ずっぱい味の焼き菓子だった。

とても美味しくて大絶賛!!　したいところだが、シチュエーションに困惑しそれどころではない。

こんな緊張感あふれるお菓子タイムがあっただろうか。

「美味しいか？」

「……美味しいです」

その返事に満足したように頷いたエドヴァルドは、カティが飲み込むのを待って、残りの欠片《かけら》をまたカティの口元に運ぶ。

黙ってカティも口を開ける。もう何も考えられない、無心で行くしかない。

レオも衝撃で固まっているのだろう。何も言わずカティとエドヴァルドを凝視していた。

「レオ、カティにミルクのお代わりを」

「か、かしこまりました」

エドヴァルドの声にはっと我に返り、レオは出ていった。

そんなエドヴァルドからの餌づけという衝撃的な事件もありながら、エドヴァルドとカティは久しぶりに平和な落ち着いた時間を過ごしていた。

そこへノックの音が響き、レオが確認に行く。レオは封書を手にして戻ってきた。

「エドヴァルド様、カトリ王女からお茶のお誘いです。カティ様もご一緒にと」

「恐怖と疲れでカティは寝込んでいると言って断れ。昨日の今日だ、言われずとも分かるだろう」

先ほどまで無表情ながら機嫌がよかったエドヴァルドの眉間にしわが寄る。

その言葉を内心カティもありがたく思った。元気にはしているが、いまだに恐ろしさや不安はぬぐえない。馬車の事故で侍女が気を失い、心配していたところ、ちょび髭《ひげ》に強引に抱き上げられた後はもう何も覚えていない。気が付けばじいじのところだったのだ。

幸い、じいじは味方だったが、男たちに追いかけられた時はどうなるのかと本当に怖かった。特にマルガレータが現れた時は全身が恐怖で強張ったほどだ。

王宮の中で誘拐された時と違い、もしかしたら殺されるのかもしれないと恐怖と隣り合わせの逃走。あの時、逃げ込んだ店でビームを発射する機会がなければどうなっていたか分からない。

史上最強の鬼畜がこうして側にいてくれるから落ち着いていているだけで、まだよく知らない人間と交流するほどの元気はない。

こうして昨日のことを鮮明に思い出してしまうと、その時の恐怖がよみがえる。温かくて世界一安全な場所に逃げ込みたくなる。

カティはぶるっと身を震わせると、エドヴァルドに手を伸ばした。

「とう様……」

「なんだ？」

「抱っこ……」

エドヴァルドは、口元をきゅっと結んだカティを抱きあげると背中を撫でた。

「どうした？　怖くなったか？」

「うん……」

「もう大丈夫だ、心配は要らぬ」

その手の温もりにカティは目を閉じる。

表情筋紛失鬼畜。人間味のない冷徹で、情のない男だと言われているが、実は頼りがいのある優しいところがあると、これまでの日々で知っている。

助けられ、エドヴァルドの腕に包まれた時に感じた安堵で恐怖や不安は随分和《やわ》らいだ。

それに、さっきの餌づけと言い、頭へのキスといい、最近のエドヴァルドはカティに対してびっくりするほど優しくなった。

鬼畜が一歩一歩人間に近づいてきたのかもしれないなと、カティはうんうんと一人で頷いた。

そんな人になりかけのエドヴァルドの腕の中にいると、先ほど感じた恐怖や、まだ黒幕が捕まっていない不安が軽くなっていく。

　カティはいつの間にか気持ちよく眠りについていた。

§

　カティが眠ったのを確認すると、エドヴァルドはカティをベッドに寝かせてから、レオと昨日のことについて話し合った。

　カティを攫《さら》った『祖父』――元ハハト子爵の処遇をまずは考えなければいけない。彼は、エドヴァルドがユリアンナをカティへの殺人未遂で処罰したことを知っていた。公式にはユリアンナは、公爵家の金品を盗んだことで処罰を受けたことになっている。

　つまり、エドヴァルドがユリアンナに直接手を下したことを知っている人間が、情報を漏らしたのだ。

　問題はその裏で糸を引いている人物だ。

　まず、カティを誘拐した犯人は正当防衛でその場で処分、事件は解決したと噂を流させる。

　三人の男を切り捨てた場面を何人かが目撃していたから、真実として伝わるだろう。そうして黒幕を警戒させず、先手を打ちたいとエドヴァルドは考えている。

　カティがマルガレータと遭遇したというのも間違いはないだろうが、証拠がない。もっと確実な証拠がなければ追い詰めることは出来ない。

そのための計画について二人で詰めていると、再びドアにノックがあった。

レオが向かったが、すぐに非常に困った顔をして戻ってくる。

「またカトリ王女が……。今度はご自身がカティ様のお見舞いにいらっしゃっています」

エドヴァルドは顔をしかめた。

今日はカトリ王女から一日解放されるよう、国王の許可を得ている。王女は、この城内で勝手気ままな振る舞いが許される立場だが、宰相の執務室は重要な機密書類を扱う部屋であり、他国の者が入ってよい場所ではない。

「私が対応しよう」

苛立ちを完全に無表情で覆い隠してエドヴァルドは廊下に出た。そこには確かに心配そうな顔をしたカトリ王女が立っていた。

「エドヴァルド様のご息女が誘拐されたとお聞きしました。ご息女のお見舞いと、エドヴァルド様をお慰めしたいと思いましたの」

「王女殿下のお気持ち大変ありがたく存じます。殿下にご心配をお掛けいたしましたこと誠に申し訳ありません。しかし娘は大変心身が不安定になっており、今はそばを離れるわけにまいりません。まだ誰かに会うのも難しいのです。せっかく足を運んでいただきましたのに、申し訳ありません」

エドヴァルドはほとんど息を挟まずに言って、慇懃無礼に頭を下げた。

するとカトリ王女はわずかに息を吸い込んでから、胸の前で手を組み合わせる。

「まあ、お可哀想に。でももう安心ですわね？　こうして王宮で守られているのですもの。ですから、宰相でありながら小さなご令嬢のお世話までしているエドヴァルド様を労わりたいわ。わたくしの部屋にいらしてくださらないかしら」

この王女は言葉が理解出来ないのか？

そもそもエドヴァルドが本日カトリ王女の対応が出来ないことについてどのように伝えたのだと国王にも怒りが湧く。しかし、宰相、という言葉が強調されたのを聞いて、エドヴァルドは内心で舌打ちをした。宰相という立場である以上、賓客である彼女をもてなす必要があると仄めかされたのだ。

「……かしこまりました。それでは準備を……」

エドヴァルドがそう言いかけたとき、部屋の中から大きな赤ん坊の泣き叫ぶ声が聞こえてきた。

『とーたまぁ！！！』

ぎゃ～っと泣き叫ぶ合間に、エドヴァルドを呼ぶ声が聞こえてくる。何かがバタバタと落ちる音すら、重厚な執務室の扉を突き破って聞こえてきていた。

「――失礼、娘が呼んでおりますので」

「え、ええ」

耳をふさぎたくなるような悲痛な泣き叫びにさすがの王女も怯《ひる》んだようで、お大事にと言って戻っていった。

その後ろ姿を見送って、エドヴァルドはドアを開ける。

それから後ろ手にドアを閉めると、ピタッと泣き声が止んだ。

「えへへへ、お役に立ちましたか？」

「私のためか？」

「はい」

エドヴァルドがカティのもとに戻ると、カティはニヤッと笑った。

渾身の演技だった。おかげで頭とのどが痛い。正直くらくらもする。けれどエドヴァルドが嬉しそうにしているから頑張ってよかった！　だってとう様は今日は休みだし、一度断っているにもかかわらず、こちらの都合なんかお構いなし。昨日は大変だったのだから今日はとう様を連れて行ってほしくないの！

そう思って、カティがエドヴァルドを見上げると、そっと抱き上げられる。

「そうか」

そしてまた！　エドヴァルドがカティの額にキスをした。

（ひいぃぃぃっ。また……また……）

心中大混乱のカティを優しく抱っこしながら、エドヴァルドは「レオ、陛下と話がしたい。大至急だ」と指示を出す。

カティの声に合わせてばらまいていたらしい書類を床から拾い集めていたレオは即座に立ちあがって、一礼した。

「かしこまりました。しかし、陛下の予定は決められておりますし……すぐには難しいかと」

「時間を取れないのなら、私は今すぐ公爵邸に戻り、今後一切カトリ王女の面倒を見ないと伝えればいい」

「……脅迫では？」

「提案だ」

「……行ってまいります」

その後、エドヴァルドの怒りの深さに恐れおののいた国王は、王妃とのお茶の時間をエドヴァルドとの時間にあてた。

エドヴァルドは、今日の王女の振る舞いに対する苦言を呈さない代わりに、ある交渉を申し入れた。

以前、カティがつかんだ情報のおかげで王妃を害さんとする側妃側の刺客を捕らえ、事件を未然に防いだことがあった。いわばエドヴァルド（とカティ）は王妃の命の恩人だ。

その件と、今回カティが誘拐される発端となった国王のカティの招聘および、王宮使者の加担や、宰相としての職務内容を逸脱したカトリ王女の世話への褒賞や慰謝料のかわりに、過去のエドヴァルドの行為に目をつぶってほしいとこちらの要望を願い出たのだ。

エドヴァルドから過去——カティの実父であるクラウスの死とその後のユリアンナの死についての真相を聞いて国王は唸った。

公の報告では、カティの母ユリアンナは公爵家の金品に手を付けた罪で拘束された。その後、それを王宮へ報告する間もなく逃走を企て、捕らえるときに生じた傷がもとで亡くなったとされている。

しかし実際は全く異なった。エドヴァルドがしたことは確かに法に触れていたが、事情が事情であり、国王としては糾弾するつもりはない、と国王はエドヴァルドに伝えた。

だが、もし真相が表沙汰になったら清廉潔白でこれまで他者に容赦がなかったエドヴァルドを恨む者には追い落とす材料にはなる。エドヴァルドが宰相から身を引くとおそらく反国王派の貴族たちの勢いが強くなるのが分かっている。エドヴァルドの要望は呑まれ、交渉は成立した。

国王は部屋を後にするエドヴァルドを見送りながら、先ほどの話を思い浮かべる。

そしてつくづく、彼の悲しい運命に思いを馳《は》せるのだった。

◯エドヴァルドの過去

エドヴァルドには、父が再婚して出来たクラウスという義弟がいた。

カティはクラウスの子供だった。

しかし、カティが生まれる前にクラウスが亡くなってしまうと、クラウスの妻ユリアンナが生後間もないカティを連れて、強引に辺境の地から王都のエドヴァルドの屋敷にやってきたのだ。

赤ん坊を放置して自分にまとわりつくユリアンナを怪しみ調査する一方で、エドヴァルドは弱々しい赤ん坊が傷つけられないように使用人たちに二人の見張りを命じていた。

そして、あの日の事件が起きる。不穏な気配を感じた使用人がエドヴァルドに知らせ、エドヴァルドが鍵のかかったドアを魔法で吹っ飛ばしたとき、とんでもない光景が目に飛び込んできた。

人の助けなしでは生きていけないか弱い赤ん坊の顔に、実の母親が枕を押し付けていたのだ。

「何を――」

「エドヴァルド様！　カティが……カティの様子がおかしいのです！」

思わず声を漏らすと、エドヴァルドに気がついたユリアンナは、愚かにも自分の身体で隠すようにして枕を赤ん坊の顔から外してから、白々しくエドヴァルドに泣きついた。

エドヴァルドがユリアンナを見下げると、怯《おび》えたような表情をしながらもまだ隠しおおせると思っているのか、カティを助けてくださいと縋りついてくる。

エドヴァルドは冷たい目でユリアンナを見据えると、腰に差していた剣を抜き、ユリアンナの身体に一太刀あびせた。

「な……エド様……」

強烈な痛みに顔を歪め、傷口から血を流して床に倒れ込んだユリアンナを一瞥し、赤ん坊に近づく。

エドヴァルドが抱き上げると、赤ん坊――カティの顔は血の気を失い、既に呼吸が止まりぐったりしていた。

エドヴァルドは壊れそうなほど小さなカティに息を吹き込んだ。しばらくすると小さな泣き声が聞こえてきた。しかしそれはいつ儚くなるか分からないほど弱々しい声で、呼吸はなんとかしているようだがすぐに泣き声は途絶えてしまった。

「医者を呼べ。呼吸は戻ったが意識がないようだ。魔術医のミルカもだ」

エドヴァルドはそう命じて、赤ん坊をメイドに預けた。

赤ん坊が部屋から連れだされるのを見送ると、床でうずくまっているユリアンナを見る。

「……エドヴァルド……様……なぜ？」

血まみれで倒れ伏していたユリアンナは、エドヴァルドに震える手を伸ばしてくる。

冷たい視線を返すと、あきらめたように手が床に落ちる。

その様子を見ていたエドヴァルドは、側にいた護衛の腰から剣を抜きとると、ユリアンナに止めを刺すべく振り上げた。

恐怖に目を見開き、体を震わせるユリアンナに気にも留めず、剣を振りおろした。が、ガチンと鋭い衝撃とともに、剣が止められる。

「なりません！」

見れば、侍従のレオが短剣で止めていた。

エドヴァルドは眉をひそめてレオを見る。睨まれた者は恐怖で失神するとまで言われた冷たい視線で睨んでも、レオは怯《ひる》まない。レオに救ってもらえるのだと希望を抱いたのだろう、ほっとしたようなユリアンナの顔が視界に入る。しかし、レオはエドヴァルドを強い視線で見上げて言った。

「エドヴァルド様、そんなに簡単に殺してはなりません。一突きで殺すなんてそんな慈悲を与えるおつもりですか？」

その非情な言葉にユリアンナの顔が絶望で歪む。一方エドヴァルドは、ふっと少し表情を緩めると剣を収めた。

「そうだな。お前の言うとおりだ。この女をこのまま牢へ連れていけ。後は任せる」

「はっ！」

「クラウスとカティの分までもてなしてやれ」

そう言うと、ユリアンナの表情がますます歪んだ。

「なぜ……クラウスのことまで……」

血のつながりのない義弟とはいえ、クラウスのことをエドヴァルドは気に入っていた。

クラウスは貴族学院を卒業すると、いずれ公爵家の当主になるエドヴァルドの支えになりたいと、前公爵が懇意にしていた辺境伯の下へ勉強に行き、その先でユリアンナと出会い結婚をした。

ふた月ほど前に受け取った手紙には、すでに妻のお腹に子供がいるので、そちらには帰れないが一度遊びに来てほしいと綴られていた。辺境まで一度だけ会いに行ったその時が、兄弟二人で会う最後になった。エドヴァルドが王都に戻りしばらくして、クラウスが死亡したとの知らせが届いたからだ。

クラウスが辺境の砦でいつものように見張りをしているときに、魔獣に襲われて危険な砦の外側に転落し、死亡したのだという。

しかしその後、クラウスを偲ぶ様子もなくエドヴァルドに擦り寄るユリアンナの姿に疑念を抱き、エドヴァルドはクラウスの死について調査を指示した。

調査結果は残酷なものだった。エドヴァルドが義弟の祝いに辺境に行ったがために、ユリアンナは容姿端麗で王都で高い地位を持つエドヴァルドに心変わりをし、クラウスを殺したと分かったのだ。

愛する妻からお守りだと言って渡された物が、自らを殺すための魔獣を呼び寄せる魔石だとクラウスは気がついたのだろうか。死の直前のその心境を想えばユリアンナを許せるはずがなかった。

「連れていけ」

エドヴァルドの指示を受けて、レオがユリアンナを引きずっていく。

「貴様は絶対に許されないことをしたのだ！」

レオがユリアンナを糾弾する。

他人に興味のないエドヴァルドがほぼ唯一、心を許し、大切に思っていたのがクラウスだった。

その一週間後、エドヴァルドは冷ややかな視線を牢の中のユリアンナに向ける。

「処分が決まった」

「しょ、処刑？」

「そんな楽はさせない」

ひっと悲鳴を上げたユリアンナは罪人用の馬車に乗せられると、郊外に運ばれた。

その姿をエドヴァルドはただ見つめていた。

§

ユリアンナはやがて馬車から下ろされた。周りを騎士に囲まれ、森の奥に連れていかれる。騎士たちの姿はユリアンナが逃げないように守るというよりも、森の中から何かが出てくるのを警戒しているようだ。

レオはユリアンナの両手を後ろ手に縛ると、首に小さな袋をぶら下げた。

「お前の好きな魔石が入っている。この森には辺境ほどではないが、小さな魔獣が生息している。さあ、どこまで持つのか我が主人を楽しませてくれ！」

そう言って、ユリアンナを地面に突き飛ばすと騎士たちを連れて踵《きびす》を返した。

「ま、待って!!　おいていかないで!!」

ユリアンナは必死で立ち上がって追いかけようとする。しかしこの一週間で相当体力が弱り、体の傷もあり、手をつかずに立ち上がるのも難しかった。

レオと騎士たちはその間に姿を消した。

絶望に襲われながら、首から魔石の入った小袋を外そうと体を捩《よじ》り、首を振る。地面を這いずるように動くユリアンナの後ろから低い唸り声が聞こえた。

びくりと動きを止めた。

そろりと振り返ると三頭の魔獣がユリアンナを見ていた。

ユリアンナは、地面を蹴って走り出す魔獣を絶望に満ちた目で見た。

——苦しまずあの世に行かせるような真似はさせない。クラウスが感じた絶望、恐怖、悲しみを十分味わいながら、苦痛にまみれて逝くがいい。

それがエドヴァルドの望みであると感じながら、ユリアンナは目を閉じた。

○カティと新たな陰謀

カティが保護されて三日後、王宮でカトリ王女主催のお茶会が開かれた。もちろんエドヴァルドはカトリ王女の側でエスコートをしている。

その茶会には王族、大臣ほか高位貴族が招待されており、アンティラ公爵家当主とマルガレータ、そしてアンティラ家嫡男のアルヴィも参加していた。

安全のため、カティは王族の席の側に小さなベッドを設置され、そこに寝かされていた。

（王族席……とう様過保護すぎです……）

カティは寝返りを打って、周囲をこっそり見回した。

王族、それを守る護衛、レオもいてくれる。周りからの視線もこれだけあれば、カティに手を出すのは難しいだろう。マルガレータの姿を見て一瞬身を強張らせたカティだったが、エドヴァルドが心配ないというように頷いてくれただけで安心出来た。

エドヴァルドからは、しぶしぶ国王に任せるが、何かあったらすぐ伝令魔法を飛ばせと厳命されている。

それに国王は、カティが誘拐された件で罪悪感を覚えたのか、エドヴァルドからの圧に恐れをなしたのかは分からないが、カティをしょっちゅう気にして、相手してくれる。おかげで退屈も危険なこともなく、王様と仲良くなれそうだった。

（しか〜し！　そんなことよりも!!）

カティは、ただの好々爺《こうこうや》と化した国王に抱き上げられながらエドヴァルドとカトリ王女を見た。

王女はエドヴァルドの腕に手を添えて各テーブルを回っていたが、その顔にはこらえきれない嬉しさがにじみ出ていた。

事件翌日にお茶を誘いに来た時には、エドヴァルドの疲労や事情を考えることのない傲慢で自分勝手な王女だと感じて邪魔をしたが、こうして見ると王女然とした気品と可憐さが際立っている。

あの無邪気な振る舞いも王女としては自然だったのかもしれない。

黒髪のエドヴァルドと銀髪のカトリ王女。美しい二人が並ぶ姿は目の保養になるほどに絵になっている。

（すごい美男、美女。とう様、あの美女を相手にあの無表情とは……朴念仁め。あ、王女様ふらついた……あ！）

カティが見ていると、身体をふらつかせた王女がエドヴァルドに倒れ掛かり、しがみついた。エドヴァルドはそんな彼女をしっかりと支えている。

王女は頬を染めて、エドヴァルドを見上げて何か話している。エドヴァルドはそれに頷き、カトリ王女を支えるように片手を王女の手に添えると、もう片手を王女の腰に手を回す。

（ほうほうほう！　そうですか、そうですか）

ついにやにやして見ていると、ほんの一瞬、エドヴァルドが人を射殺せそうな目でカティを見た。

（うわっ、怖っ。面白がってるのバレてる）

すいっと目をそらして、ごまかすように国王に媚びを売る。

「お、おーたま……」

「おお、可愛いなあ。うちの子になるか？　なあ、王妃」

「ええ、うちの子のお嫁にどうかしら？」

「おお、それはいい！　そうすればエドヴァルドの奴も自分の婚姻を考えるだろう。王女を娶《めと》ってくれれば丸く収まるというのに……」

国王はため息をついた。それを聞いてカティもため息をついた。

（本当、あんなとう様に婚約者がいないのがおかしいもの。考えたらとう様の結婚、私が邪魔してる……。もしかしてそのせいで私を誘拐!?　……って、流石にそんなことはないか）

そんなことを考えていると、急に寒気がした。どこかから視線を感じる。

この感じは知っている。

初めて接触した時、大泣きをしてしまったあの気配。誘拐された途中で出会ったあの気配だ。

そっと視線をめぐらすと、カティを笑顔で見つめるマルガレータがいた。

傍目にはただ麗しく微笑んでいるようにしか見えないが、どうしても彼女の笑顔には恐怖しか感じない。

しとめ損ねた獲物を見るような目だ。

猛烈にエドヴァルドの腕の中に逃げ込みたくなる。

しかし頼りがいのあるエドヴァルドの腕は、今日はカトリ王女の物だった。

「……」

なんとなく気に入らなかった。

(今、思い切り泣いたら、マルガレータの視界から外れる所に連れていってくれるかな?)

そう思って、チラッとレオを見る。すると何かを察したかのように、控えていたレオが進み出てくれた。

「カティ様、少しお疲れのようですね。お部屋に戻りましょうか」

そう声をかけられて、カティはパッと表情を明るくする。

(よし！　出来る男レオ！　あとでミンミと二人にしてあげるからね！)

ニコニコ笑って、レオに向かって小さな手を精一杯伸ばす。

すると隣から不機嫌な声が聞こえてきた。

「いや、今日は私と妃がこの子を預かったのだ」

国王がムッとしたように言う。

レオは反論するか迷った表情で、カティに向かって伸ばした手を止めた。

「しかし……」

「エドヴァルドからこの可愛らしい天使を頼まれておる」

重々しく、しかも国王から繰り返されては、レオには対抗出来ない。

レオが困ったようにカティを見る。

カティはあきらめて横に首を振った。

(はい……逃走はあきらめます。でも代わりに陛下に責任取ってもらうんだから)

カティは、んしょんしょとえんじ色のベルベットに金糸で刺繍をされている豪華な国王のコートの合わせからなんとかして内側に潜り込もうとした。

「なんだ、私の懐《ふところ》に入りたいのか?」

途端にデレデレした顔の国王が、ボタンを留めたコートの中にカティをすっぽりと入れてくれた。

国王の服と体で全方位の視界が遮られると、周りを砦に守られたようにぐっと安心感が増す。マルガレータからの視線を浴びる恐怖感がやわらいだ。

(陛下は陛下でこの国の最高権力者! ってことは、ここはこれ以上ないほど安全な避難場所。となれば、陛下に貸し出されるのも悪くないかも。情報収集にもなるし、私は安全を保証されるし……)

ホッとしたのと温かさからついつい眠りそうになる。

赤ん坊になってから、どうも包まれたり安心したりするとすぐ眠ってしまうのだ。

「陛下、その懐《ふところ》は一体?」

しかし、そこへアンティラ公爵が国王に挨拶にやってきた。

その声を聞くと、途端にカティの身体が震える。

そんなカティの様子が気になったのか、国王は服の上から優しく撫でてくれた。

「可愛いだろう。宰相の娘が私に懐いて仕方がないのだ」

国王は嬉しそうな声色で自慢するように言う。その声音と手の温かさにホッとしたのも束の間、アンティラ公爵の冷たい声がカティを刺した。

「いくら公爵令嬢とはいえ、陛下に対していささか不敬ではございませんか？　宰相の責任が問われます」

「堅苦しいことをいうでない、赤子ではないか」

しかし不服そうな感情が見え隠れするアンティラ公爵の声も、国王がすっぱりとはねつけてくれた。

さすが最高権力者！　隠れ家にここを選んだのは間違いなかった！

カティは国王の懐《ふところ》の中で、感謝の念を送りつつ、アンティラ公爵の様子を窺った。

意地悪そうな髭《ひげ》の生えたアンティラ公爵は、すぐに頭を下げつつも国王の懐《ふところ》にいるカティを侮蔑するような表情を崩さない。

「差し出がましいことを申しました。しかし陛下が宰相殿の娘を預かるほど懇意にされているとは知りませんでした」

「エドヴァルドはこの子を連れ歩いているだろう、何度か会う機会があってな。赤子というのはこれほど可愛かったかな？　うちの王子たちのことは忘れてしまった」

「陛下、王子たちの時は、乳母に面倒を任せてばかりで子供たちに向き合う時間が少なかったのですわ。ですからこのように赤子を可愛がるのは初めてなのです。先ほど、懐いて仕方ないとは言っていましたが、実際のところは宰相に無理を言って陛下がカティを取り上げたのですよ」

そう言って、王妃が笑う。

「……さようでございましたか」

(見たか！　天然最強夫妻の前には手も足も出まい！)

険のある物言いをする公爵に気にもせず、雰囲気をやわらげてみせた国王夫妻にカティは感謝する。

流石にそれ以上はアンティラ公爵も突っ込めなかったようで、咳払いをしている。

しかし嫌な目線を懲りずに向けたまま、彼は言葉を続けた。

「……ところで今日の茶会はカトリ王女殿下の主催と聞いておりましたが、宰相殿もまるで主催側のように王女殿下をエスコートしていらっしゃいますな。……もしやお二方は？」

カトリ王女とエドヴァルドの仲を匂わせるような言葉に、国王の懐《ふところ》の中でカティは顔を顰める。

探りを入れるようなアンティラ公爵に対して国王は溜息をついた。

「二人のことは二人にしか分からぬな。国としてはそう願っているがどうなるかは分からぬ」

そう言うと、アンティラ公爵が目を光らせて言った。

「もし一国の王女を娶《めと》るとなれば宰相殿の身辺調査が必要ではありませんか？　きな臭い噂を聞き及んでおりますし」

「ほお？　きな臭い噂とは？」

「宰相殿は、私的に権力を濫用し、人殺しの罪を犯している可能性がございます」

（それはお前の娘だっ！）

カティは国王の懐《ふところ》の中で憤慨するが、そのまま言うわけにもいかない。

懐《ふところ》の中でもぞもぞ動くと、国王が宥《なだ》めるようにカティを撫でる。

「まさか。あのエドヴァルドに限って考えられぬ」

「陛下の懐《ふところ》の中にいる娘の母親が自らの夫を手にかけたと耳にいたしました。それに先日の誘拐も、その娘の家族によるものだというではありませんか」

「どこからそんな話が出たのだ？」

「噂で聞き及んだだけでございます。しかし、それらの重罪人を陛下への報告もなく、残虐な方法で処刑したと聞いております。これは由々しき問題ではありませんか？　もし事実であればユリ公爵をこのまま放置するのは、いずれは陛下の枷《かせ》になると心配をしております」

（……鬼ばばあはどうか分からないけど、じいじにはそんな酷いことしてないもん。……たぶん。でも鬼畜だからあるいは……いやいやいや……）

実のところこの国では正当な理由があれば、貴族による私的な処罰は黙認されている。しかし、残虐な死刑は禁じられている。あくまでも処罰であり、そこにいたぶりや愉悦が入り込んではいけないのだ。

カティは一瞬不安になって、きゅっと国王のコートの裏側を掴んだ。

すると国王陛下の柔らかな声が聞こえてくる。

「そうか。しかし、その母親の件も誘拐の件もこの者は被害者に過ぎん」

国王はそう言いながら膨らんだお腹を撫でる。

その手の温もりが伝わってきて、カティは嬉しくなる。

アンティラ公爵の言葉は、確かに間違っていない。

カティの母――ユリアンナは赤子を殺そうとした罪人だし、祖父――元ハハト子爵はユリアンナを被害者だと思い込んでエドヴァルドからカティを誘拐したし、エドヴァルドはそれに怒っていた。

けれど、国王はそうと分かったうえで、忌避することなくカティをこうして可愛がってくれていたのだ。

しかしそんな言葉にアンティラ公爵はますます顔を歪めた。

「お言葉ですが、母親が重罪人で、祖父が誘拐犯であるような娘はたとえ被害者であったとしても、公爵家の令嬢としてふさわしくございません。直接血はつながっていないと聞いておりますが、身内に罪人が二人もいる娘など……」

そこで言葉を切ると、アンティラ公爵は国王の耳元で囁いた。

「さらに、自らの身内の罪状について陛下に隠蔽しているとなると、陛下への反逆の意思がないとは言えますまい。しかも残酷な制裁を届けもなく下したとなれば……公爵家といえどもお咎《とが》めなしとはいきません」

それを聞いてカティは血の気が引いた。

考えたこともなかった。

公爵家の面々が皆優しく、令嬢として接してくれたことに胡坐《あぐら》をかいて、わが身に流れる犯罪者の血を顧みることも、申し訳なく思うこともなかった。

自分は犯罪者の娘。歴史と名誉ある公爵家にそんな人間が入り込んでしまったのだ。

自分は公爵家に……エドヴァルドに迷惑をかける存在だったのだ。下手をすればこれまでエドヴァルドが築き上げてきた実績も名誉も崩れ落ちてしまうかもしれない。

(どうしよう……私のせいでとう様が……)

日頃から国王はエドヴァルドを信用し、重宝している。だからカティのことはともかくエドヴァルドの事は不問にしてくれるかもしれないと一縷の望みをかけた。

国王の懐《ふところ》でカティは胸の鼓動を早くする。

国王は、少し身じろぎをしてアンティラ公爵に視線を向けたようだった。

「そなたは他家の内情について詳しいのだな」

「もちろんでございます。王家を守るため、常に情報を集め、目を光らせております。此度《このたび》の件、王家に忠誠を誓う我がアンティラ家にお任せいただけませんか。必ず真実を突き止めてまいります。もちろん同じく王家を支えるユリ公爵に問題はないと信じております。しかし万が一、罪が明らかになればユリ公爵に相応の処分が必要かと思いますが——」

絡みつくような含みを帯びたアンティラ公爵の声。ドキドキしながらカティは国王の答えを待った。

しばらくの沈黙の後、国王陛下が口を開いた。

「……分かった、では調査を頼もう。貴重な情報ご苦労であった」

国王の返答を聞き、アンティラ公爵は満足したようにその場を後にした。

（……陛下。味方だと……とう様のこと守ってくれると思ったのに……）

アンティラ公爵の娘であるマルガレータは、奇妙なほどエドヴァルドに執着している。

彼女が――ひいては、アンティラ公爵家がエドヴァルドに対して何かをしようとしているのは間違いない。

そんな人間に調査を頼んだとあれば、それが事実にしろ嘘にしろ、エドヴァルドにとって都合の悪いことばかりを言うだろう。

もちろん、エドヴァルドだけを信じるわけにはいかないだろう。

一国の長《おさ》としては当然のことだと分かっていても、味方だと疑わなかった国王の最後の言葉にカティはショックを受けたのだった。

§

一方、エドヴァルドはずっとカトリ王女の側でサポートをしていた。

カトリ王女はまるでエドヴァルドとの婚約が整いでもしたかのような振る舞いをし、勝手に腕に手を絡めている。

距離の近さに辟易しているが、相手は隣国の王女。

人前で恥をかかせるわけにもいかず堪えている。しかしその我慢の甲斐あって、今回の外交の成果は上々であり、宰相としてはまずまずの結果であるとエドヴァルドは内心そう考えていた。

カトリ王女をエスコートしながら周囲を注意深く観察していると、マルガレータがカティを見つめて微笑んでいるのが見えて、エドヴァルドは内心顔を顰めた。

あの笑いが曲者《くせもの》だ。マルガレータが誘拐の黒幕であることは、実行犯の男たちから既に分かっている。しかし、アンティラ公爵家を押さえる証拠がないため、泳がせているのが現状だ。

しかし今のカティの周りには国王の護衛やレオがいるため、心配はないだろう。

そう思いを巡らしていた時、腕に重みを感じた。

見れば、カトリ王女がよろめき、自分の腕に縋ってきている。

「足を痛めてしまいましたわ……」

上目遣いで見つめられ、エドヴァルドは閉口する。

仕方なく身体を支えていると、にやにや笑うカティが目に入った。

おおかた見当はずれのことを考えているのだろうと、あきれて見返すと視線をそらされてしまった。

その後、ごそごそと国王の懐に入るという常人には考えられないことをしているが、一番安全な場所には違いない。

カティの安全を確認しつつ、エドヴァルドは王女に付き添って挨拶に回った。

マルガレータのテーブルに回ると、兄のアルヴィとともに立ち上がり、公爵令嬢らしく美しい所作で挨拶をし、笑顔で迎え入れられる。

「カトリ王女殿下、お招きいただき感謝申し上げます」

カトリ王女もそれに応じる。

一通りの挨拶が終わると、アルヴィが何か言いたげにエドヴァルドに視線を送った。エドヴァルドがアルヴィに声をかけようとしたとき、それを遮るようにマルガレータが無邪気な表情で言った。

「エドヴァルド様、後ほどお部屋にお邪魔してもよろしいかしら？」

カトリ王女が、そんなマルガレータを不満げな顔で見る。

厄介な、と思いつつもエドヴァルドは社交辞令の笑みを浮かべたまま首を傾げた。

「何か？」

「はい、カティ様のお見舞いをお持ちしたく……」

しおらしく言った姿は、理想的な令嬢にしか見えない。しかし、カティが彼女を恐れていたことを思い出して、エドヴァルドは軽く頷くにとどめた。

その横で少しうつむき加減のアルヴィンを視界に入れつつ、王女に移動を促す。

「心遣いに感謝する、では後程。カトリ王女、次に参りましょうか」

「……ええ！」

エドヴァルドの腕を抱きしめ、カトリ王女がマルガレータに勝ち誇った視線を送る。

マルガレータは笑顔を返しているものの、その笑顔の奥に、冷たさと獰猛さが一瞬宿った。

それに気がついたのはエドヴァルドだけだった。

（カティはまだ国王の懐の中か……）

アンティラ公爵に話しかけられる国王の姿を見つめつつ、エドヴァルドは心のこもっていない会話を繰り返す。

予測も出来ないほど驚きの詰まったカティとの会話に慣れると、これまで当たり前の日常であった相手の腹を探るだけの会話がやけに苦痛に感じる。この無意味な時間を早く終わらせ、早くカティを国王から回収したいものだとエドヴァルドは内心ため息をついた。

それから数十分の後、水面下でいろいろな思惑が飛び交い、主催者のカトリ王女だけが能天気に楽しんでいたお茶会が終わった。

§

ミンミに抱っこされてエドヴァルドの執務室に戻ってきたカティは、小さなベッドに下ろされるとごそごそと掛布の中に潜り込んだ。

先ほどのアンティラ公爵の言葉が胸に突き刺さって離れない。

自分を殺そうとした母をエドヴァルドが粛清したことはなんとも思わない。

それよりも自分の存在自体がエドヴァルドに迷惑をかけていることが申し訳なくてどうしようもなかった。

布団の中で、丸まっていると、戻ってきたエドヴァルドに抱き上げられた。

「カティ、今日はご苦労だったな」

そう労ってくれても、いつものように笑顔を見せることは出来なかった。

「……とう様こそ、お疲れさまでした」

「何かあったのか？」

元気のないカティにエドヴァルドが眉をひそめる。

カティは慌てて笑顔を作って、首を横に振った。

「疲れただけです。とう様やミンミ以外の人と長くいたの初めてだから」

「そうか。晩餐会も連れて行こうと思ったのだが」

「……遠慮しておきます」

いつもなら晩餐会にも興味が湧くところだがそんな元気は全くない。

肩を落としてそう伝えると、エドヴァルドが訝《いぶか》しげにカティを見る。

「レオ、私も取りやめ……」

「とう様はちゃんと出てください」

「だが」

言いかけたエドヴァルドをすかさず止める。

自分のことでエドヴァルドが行動を変える必要などないと思ったからだ。

そこにノックが響いた。

エドヴァルドがカティをベッドに寝かせると、扉に向かう。

（とう様……）

カティはその様子をベッドから見つめていた。

「エドヴァルド様、ご訪問をお許しいただきありがとうございます。こちら、カティ様に」

ノックをしたのはマルガレータだった。

扉の前で、マルガレータが微笑み、何かを差し出している。

赤子用のクッキーと小さなウサギのぬいぐるみだ。

「ありがとうございます」

レオが受け取って会釈をする。エドヴァルドがその隣でわずかに頷いてみせた。レオが如才なく笑みを浮かべて、マルガレータに向かう。

「せっかくお越しいただいたのに、カティ様の調子が悪く、顔を見ていただくことが出来ないのです。申し訳ありません」

「お茶会でお疲れになったのですね、おいたわしいわ。お大事になさってくださいませ」

しゅんと下を向きつつ、マルガレータが表情を切り替える。

一拍置いて聞かれたのは、やはりカトリ王女との関係性についてだった。

「ところでエドヴァルド様、カトリ王女とずいぶんお噂になっておりますわ」

「色々周りは騒いでおりますが、私にはカティがいますので。妻《めと》を娶る余裕はないのですよ」

「それでは、余計に奥様が必要ではありませんか？　確かに、王女様には難しいでしょうが、カティ様のお母さまになりたい令嬢はたくさんおりましてよ」

「私はカティのために結婚するつもりはないので」

エドヴァルドが首を振ると、マルガレータが一歩前に進み出た。

「エドヴァルド様自身のためにもですわ！　わたくし、エドヴァルド様との婚約が白紙になってからもずっとお慕い申し上げておりました。エドヴァルド様との婚姻を望んでおりますし、カティ様のことも自分の娘のように可愛がる自信がございます」

そう言って微笑み、健気な様子を見せてくる。

「アンティラ公爵令嬢……」

(怖っ……なにこの可憐ぶり！)

エドヴァルドが顔を顰める中、カティは悪辣さを完全に覆い隠しているマルガレータにぞっとしつつ、彼女を見つめた。

自ら誘拐を企て、カティを殺すよう指示をしておいてこの白々しさ。悪意の片鱗も見せずに好意を寄せてくる厚顔無恥な姿が恐ろしく感じる。

エドヴァルドも時を同じくして、マルガレータの恐ろしさを感じていた。

まだエドヴァルドが幼いころ、マルガレータがエドヴァルドの婚約者に決まりそうになったことがあった。エドヴァルド自身、家のために結婚することは義務だと考えていたため、誰と結婚が決まっても良いと考えていた。しかし、そのころに父親が再婚して出来た義弟のクラウスは、マルガレータが屋敷を訪れる度に体調を崩した。何をするでもない、ただ挨拶で顔を合わせ、一緒にお茶を飲むだけなのに、熱を出し寝込むようになったのだ。

ある時、エドヴァルドはクラウスにマルガレータが嫌いなのかと聞いた。

するとと、クラウスは悲しげな表情で言った。

「嫌いではないんですが……それほど知りませんし。でも笑顔が怖いんですよ。すごくかわいいと思うんだけど、どうしてなんでしょう。僕にも分からなくて」

そして、彼女の微笑みを見た次の日には必ず熱が出てしまうのだという。

クラウスの善良さを、エドヴァルドは信じていた。だからそれを聞いて、まだ本決まりではなかった婚約を白紙に戻した。唯一気にかけている義理の弟が、心身ともに受け入れられない女性を婚約者にするつもりはなかったからだ。

そのような過去があったから、クラウスの子のカティがどんな反応を示すのかが気になり、以前マルガレータにカティを抱かせてみたのだ。

結果、カティは大泣きし、クラウスと同じようにマルガレータを無意識に拒否した。

マルガレータの何に反応するのかは分からないが二人が揃って同じような反応を示した。恐らくは彼女の隠された悪意を正しく感じ取っていたのだろう。

それがゆえに、エドヴァルドがマルガレータに向ける視線は冷たいままだった。

「アンティラ公爵令嬢、大変光栄に思います。ですが、私は今後も結婚するつもりはありません。……私の手は血で汚れている、その手で誰かの手を取るつもりはありません」

「――え？」

（とう様⁉）

マルガレータと、カティが同時に目を見開く。レオも一瞬驚いたようにエドヴァルドを見つめる。

しかしエドヴァルドはその驚愕を意にも介さず、話を続ける。

「ああ、アンティラ家ならすでにご存じだとは思いますが、身内の処分もこの手でしております。綺麗事だけでは済みませんので」

「……さようでございますか。でも……それは公爵家として、宰相としてやむを得ない場合もあるのではないでしょうか」

マルガレータが、エドヴァルドの急な告白に戸惑ったように言葉を探しながら口にする。

公爵家といえども、いや清廉潔白を謳《うた》い、これまで数々の貴族を断罪してきた宰相だからこそ表に出してはいけない闇の部分のはずだ。

アンティラ公爵の言葉を聞いていたカティは余計にハラハラとしながら、エドヴァルドの発言を追う。

「役目上はそうです。ですがそうではないこともあります。許されない罪を犯した者に対してそれ相応の罰を与えたいと思うことがあります……まあこれは私の独りよがりな愚かな考え方と聞き捨ててくださって結構ですが」

エドヴァルドはそこで一度言葉を切ると、見たこともないほど壮絶で、美しい笑みを浮かべた。

「――あなたもアンティラ公爵令嬢として手を血に染めることがあるでしょう。役目であれば、不問に処すべきことかもしれません。ですが、私利私欲の場合で動いた場合……覚悟も必要でしょう」

その珍しい笑みを見て、初めてマルガレータの余裕が消えた。

「心に留めおきますわ。今日はエドヴァルド様のお気持ち聞かせていただけて嬉しく思いました。では、カティ様にお大事にしてくださいませとお伝えください」

マルガレータはエドヴァルドの前から去っていった。

扉が閉まるとすぐにレオが近付いてくる。

「エドヴァルド様、よろしかったのですか？　あんなことを言って」

「どうせ色々調べているだろう。それをネタに私との交渉を考えていたのなら、無駄足になると知らせた方がよい。カティへの見舞いの品は検分して処分を」

そう言って、エドヴァルドはレオに命じながらカティを見る。

カティは同意の意味を込めてこくこくと頷いた。

（まさか、前世のように盗聴器なんて入っているはずはないけど……。クッキーなんか何が入ってるか分かったもんじゃないし！）

そんなカティに手を伸ばすとエドヴァルドは心配するなというように頭を撫でてくれた。

（そういえば……）

アンティラ公爵が、エドヴァルドの調査をすると言っていた。

そのことを伝えないとと思ったのだが、疲れ切っていたカティは、エドヴァルドの温かい手のぬくもりに眠りに誘《いざな》われていった。

§

それから、エドヴァルドは晩餐会に一人で参加し、遅くに戻ってきた。

すやすや眠るカティを見ると、レオだけを隣の部屋に呼ぶ。

「王女からカティに会わせろとのご要望だ」

「カティ様に？　王女が？」

「余計なことを注進した者がいるようだ。カティを手懐ければ私の妻になれると聞いたようだな」

「では、カティ様にお任せすればよいのでは？　先日の追い払いっぷりも見事でございました」

「本当にああいうことだけは知恵が回るのだから……」

エドヴァルドがほんの少し口角をあげる。

レオはその表情を見ながらこっくりと頷いた。

「他国の王女殿下からの婚姻を拒否するのは外交上まずいでしょうから、ここはカティ様に一肌脱いでいただくしかないでしょう」

「不安しかないが、国王からも頼まれてしまっては仕方がない。ところで、アンティラ公爵令嬢が持ってきたものに異常はなかったか？」

「はい、調べたところお菓子にもぬいぐるみにもなにも仕込まれてはおりませんでした。すでに廃棄しております」

それを聞いて、エドヴァルドは椅子に深くもたれかかった。

「あの女が何を考えているのか分からんな」

「カティ様を害するにしてもわざわざ誘拐させる理由があるのでしょうか。……考えたくもありませんが、命だけならいつでも奪えたはずです」

「元ハハト子爵の単独犯だと思わせるために痕跡を残させたかったのだろう。それに元子爵を巻き込むことでユリアンナの件も表に出る可能性がある。私を邪魔に思うアンティラ家が、わざと私を追い落とそうとしているのかもしれないな」

アンティラ公爵がユリアンナの件でユリ家を追い落とそうとしていること。

カティはまだ、そのことをエドヴァルドに伝えていなかったが、聞くまでもなくエドヴァルドはほとんど真実にたどり着いていた。

ただ国王がエドヴァルドについてアンティラ家に調査を命じたことは、まだカティからエドヴァルドに伝わっていないままだった。

○カティ、とう様のために出来ること

「カティ。カトリ王女との面会がある。すまないが準備を頼めるか？」

翌日、エドヴァルドからカトリ王女が面会を希望していることを聞いて、カティは悩んだ。

（え？　なんで？）

昨日、アンティラ公爵から聞いたことがまだ尾を引いている。

カティの母親はカティを殺しかけ、カティの父親を殺した大罪人だ。祖父だって、騙されてはいたけれどカティを無理に攫《さら》おうとした。

さらにエドヴァルドは、既にカティを守るために幾度も人を殺している。エドヴァルドがカティを養子としたことで、それらの風聞を背負うことになったら？

そう思うと、エドヴァルドのそばにこのまま居ていいのか分からなくなったのだ。

「今日はちょっと、遠慮したいかも……」

だから、カティはカトリ王女との茶会を辞退した。

エドヴァルドは「そうか、無理はしなくてよい」と言い、カティの体調を確認してから晩餐会に出かけていった。

お付きとしてレオも行ってしまったので、部屋に残されたのはカティと侍女のマーサだけだ。

部屋の主であるエドヴァルドがいない部屋は、どこか広く感じる。

（じいじに会いたい……）

カティはころんとベッドの上で寝返りを打った。

今まで大事にされすぎて、自分の居場所はここだと勘違いをしていた。

自分の母は自分を殺そうとした罪人だった。そして祖父も勘違いをしたとはいえ誘拐に手を貸した。

カティは被害者だが、それが許されないのだと知った。

しかも、エドヴァルドが母を処刑したようなことをアンティラ公爵は言っていた。それが違法になるとも。自分のせいで清廉潔白で優秀な宰相が罪を犯し、由緒ある公爵家を汚し、つけ込まれる隙を作ってしまった。

自分はここにいてはいけない存在で、いるだけでエドヴァルドに迷惑をかける存在で……そう思うと泣けてくる。

(じいじはもう真実を聞いたのかな? 自分の娘が子供を殺そうとしたって聞いて……騙されて私を誘拐したって聞いて……苦しいよね。辛くてたまらないよね、きっと)

元ハハト子爵に会いたかった。

あれから、一度も会えていない。

エドヴァルドが許してくれなかった。

「じいじ……」

思わず口から漏れ出てしまう。

するとすかさずマーサがカティを覗き込んで微笑んだ。

「カティ様、大丈夫ですよ。もう怖いことはありませんからね、じいじはカティ様にもう悪いことなんて出来ませんからね」

カティが元ハハト子爵を怖がったと思ったのだろう。

マーサはミンミより経験が豊富で、すでに孫もいるようなベテラン侍女だ。

カティのこともとても大切にしてくれて、過保護なくらいである。

だから余計に、孫を危険な目に遭わせた元ハハト子爵にいい感情を抱いていないのだ。

カティの小さな手を握って、マーサが励ますように言う。

「エドヴァルド様が守ってくださいますよ。カティ様はあの方の宝ですから」

それを聞くと余計に心が沈む。

カティが公爵邸にいていいことは何もない。エドヴァルドに迷惑しかかけていないし、いっそのこともう放り出してくれればいいのに。

昔も施設で育ったのだから、この世界の孤児院でも生活出来るはず――

(よし、これだ!)

カティはパッと顔を輝かせた。

脳内にまたもや名案が閃いたのだ。

(カトリ王女と、とう様の仲を取り持とう！　それから、孤児院に行けばいいんだ……！)

アンティラ家の策略に負けないためには、エドヴァルドに最強の味方を作ればいい。

それはちょうどすぐそばにいる。隣国のカトリ王女と結婚すれば、公爵家はさらなる力を持ち国内の他家の手出しなど痛くもかゆくもなくなるだろう。王家もないがしろには出来ないはず。

そうすればこれまで以上にエドヴァルドは宰相としてその力を存分にふるうことが出来る。

そして二人の婚姻が決まり、ユリ公爵家の立場が盤石になれば自分は消えよう。

孤児院に行くか、元ハハト子爵が釈放されるようなことがあれば二人で平民として暮らしていこう。

よしっ！

素晴らしいアイデアにカティは活力を取り戻し、笑みを浮かべた。

執務室にエドヴァルドが戻ってくると、ベッドから体を起こして大きく手を振る。

「調子はどうだ？」

「全然大丈夫です！　だから王女様にお会いしたいです！」

カティの言葉に、エドヴァルドが眉を顰《ひそ》める。

「急にどうした？」

「あの時はわがままを言ってごめんなさい。素敵な王女様に会うのが恥ずかしかったの。でも頑張りたいと思って……」

えへへと笑ってみせる。

急に意見を翻《ひるがえ》したカティを不審そうに見ていたが、結局エドヴァルドはカトリ王女に、その旨を連絡した。


翌日、カトリ王女からすぐに招待が届いた。カティは頭にリボンをつけてもらい、かわいく着飾ってもらってから、応接室に連れていかれ、王女を待つ。

王女が扉から姿を見せると、笑顔を全開にしたカティはエドヴァルドの手から滑り降りるようにして、カトリ王女の前に駆け寄った。

「ひめたま～」

「あら、可愛らしいこと！」

甘い笑顔のカトリ王女の腕にカティは飛び込んだ。

今までどんな令嬢にも見せたことのないその笑顔に、付き添いであるエドヴァルドとレオが目を見合わせる。

──本来、カティにはカトリ王女を嫌ってもらい、彼女を撃退することで円満縁談消滅に持ち込むつもりだったのだ。

エドヴァルドは無表情で黙り込み、レオも内心焦っている。

そんな二人の内心は露知らず、カトリ王女は甘い微笑みを浮かべて、エドヴァルドを振り返った。

「エドヴァルド様、カティ様がわたくしをお母様と呼んでくださいましたわ！　わたくし、喜んで母になりますわ！」

「誰にでもそう言うので困っております」

「母が恋しいのですよ。エドヴァルド様はカティ様のためにご結婚を躊躇なさっていると聞いていますが、心配ありませんわ。ねえ、カティ様？」

「かあたま、しゅき」

（うんうん、計画通り！）

ご満悦でカトリ王女の胸にもたれかかるカティを見て、レオは頭を抱えた。

その後も、カティはカトリ王女に懐きまくり、ついにカトリ王女の部屋まで一緒に行くことになった。カトリ王女の服にしがみついて離れないカティをカトリ王女が私室に招くことにしたのだ。

「カティ様がこんなにわたくしと離れがたくなるなら、このままこの国で暮らそうかしら」

そう言って、上機嫌でカティを連れていくカトリ王女を見て、執務室に戻ったエドヴァルドとレオは大きなため息をついた。

「あいつは何を考えている」

「……エドヴァルド様とカトリ王女との仲を取り持とうとしているしか思えません」

「また馬鹿なことを閃いたんだろうな」

レオも思わず頷いた。

しばらくしてカトリ王女に抱かれたカティが部屋に戻ってきた。

「お部屋でもとてもお利口でしたわ。エドヴァルド様、また晩餐のお時間に」

そう言って王女は戻っていった。

ただ、その胸に抱かれているカティは先ほどまでと比べて無の表情だ。

「どういうつもりだ？」

エドヴァルドは冷ややかにカティに問う。

「……考え中です」

カティは連れていかれた時と打って変わって、むっつりと不機嫌だった。

(むうっ。後ろ盾にはなってほしかったけど、あの王女は駄目だ……！)

カトリ王女は、カティを部屋に連れ帰るなり、自分の侍女に放り投げたのだ。

カティに一切興味なし。

保護者として名乗りを上げたマーサは、隣の控室までしか入室を許されなかった。

その挙句、ぐずる演技を始めたカティを見つつ、ソファに腰かけたカトリ王女はこう言い捨てたのだ。

「こんな赤ん坊のどこがいいのかしらね。エドヴァルド様が溺愛しているということだからせいぜい懐いてもらって利用させてもらいましょう。私に子供が出来たら、この子がいじめるとでも言って放り出せばいいわ」

それを聞いた侍女も笑顔で相槌を打つ。

「姫様のお気持ちはきっとユリ公爵に届くに違いありませんわ。こんなに美しい姫様に思われて靡《なび》かない殿方はおりませんもの」

(へっ！　靡《なび》くわけないでしょ！　うちのとう様はそんなに馬鹿ではなくてよ！)

カトリ王女の中身はひどいものだった。

こんな性悪はエドヴァルドにふさわしくない。

カティは、不審そうに自分を見つめるエドヴァルドを横目に考え込んだ。

早速、エドヴァルドと王女くっつけ作戦失敗だ。

なんなら全力で邪魔をしたいくらいだ。

エドヴァルドにどういうつもりだと聞かれても、計画を説明するわけにはいかないし……

(とう様を守るために権力のある後ろ盾が必要なのに……アンティラ公爵に何を言われても平気っ

てくらいの……あ！　あれならいけるかも！）

よし、急遽思いついたプランBの決行だ！

カティは目をキラキラさせて首を傾げる。

「とう様、晩餐会に行かれるのですか？」

「ああ」

「私も晩餐会に行きたいのです」

「何を企んでいる」

エドヴァルドはカティを見る。

あれだけ落ち込んでいたカティの急な変わりように、また何かしでかすに違いないという目線だ。

レオもエドヴァルドに賛成するように、頷く。

それからこっそりとカティの耳に囁いた。

「カティ様、王女とエドヴァルド様を取り持つような真似はおやめください。そもそも王女のこと、気に入らなかったのではないですか？」

「……乙女には色々あるのよ。でも心配しないで、とう様は私が守るから！」

鼻息を荒くするカティを呆れたように見ていたエドヴァルドだが、おそらくまた空回りをするのだろうなとため息をついた。

晩餐会は国王夫妻、カトリ王女、エドヴァルドのみが参加するものだった。

「おーたま！　おーひたま！」

エドヴァルドに抱えられたまま、カティは舌ったらずでそう言って、首を傾げる。

国王夫妻は大喜びで、カトリ王女も笑顔で迎えてくれた。

（カトリ王女……人前では優しそうなこの笑顔。でもお前の名は呼んでやらん！）

「ありあと！」

国王に向かってほわほわと笑うと、国王陛下夫妻の表情がさらにデレっとする。

それから、ある程度食事が進むまではカティはエドヴァルドの側に寝かされることになった。デザートの時間になるとエドヴァルドがカティを膝に乗せ、イチゴを口に運んでくれる。

（ふおっ、さすが王宮のイチゴ！　美味しい）

甘酸っぱいイチゴの味を楽しんでいると、ずっとカティを見つめていた国王から声がかかる。

「カティちゃんや、こっちにおいで」

ニコニコして待っている姿には、威厳のかけらもない。

「あい！」

（罪人の子と分かっているのに……）

それでも可愛がってくれる国王の真意は分からないけど素直に嬉しい。そして媚びておけば味方になってくれるかもと期待もある。

カティは元気いっぱいに返事をして、エドヴァルドに視線を送った。

テーブルの向こう側に連れていってほしいと目で頼むと、渋い顔をしつつもエドヴァルドはカティを国王陛下の席へと連れていってくれた。

国王と王妃の二人からデザートを食べさせてもらいつつ、愛想を振りまく。

すると、それまで黙って様子を見ていたカトリ王女が口を開いた。

「カティ様は本当に可愛らしいわ。ねえ、エドヴァルド様。先ほどお部屋に連れていかせていただいた時、カティ様は私と離れがたい様子でしたの……わたくし、きっといい母になれますわ」

国王陛下夫妻の前で、自らの私室にカティを連れていったことを公言する面の皮の厚さ。

国王に抱っこされながら、カティはくわっと目を見開く。

(はあ!? 何がいい母だ！ 私を捨てる気満々じゃないか！ 見た目だけの腹黒女め！)

荒ぶるカティは口が悪い。

しかし、マルガレータといいカトリ王女といい、自分の義母になりたいという候補にはろくな者がいない。こんなのが自分の母になったら虐《しいた》げられるのは目に見えている。マルガレータに至っては命まで心配しなくてはならない。

冷徹鬼畜のエドヴァルドが妻を迎えたら、もう少し優しくなるのではないか。

そう思ってエドヴァルドの側に女性がいると期待したものだが、エドヴァルドの冷たさをものともせず近寄ってくるのはあり得ない人ばかりだ。

(こうなったら、もう頼りは国王陛下たちしかいなくなっちゃう……)

確かに、アンティラ公爵の調査を受け入れてはいたけれど、国王陛下がいい人だというのは十分すぎるほど分かっている。だから万が一の時のため、国王ルートは残しておきたい。

もうすぐカティは公爵家から出るつもりなのだ。鬼畜だけど頼りがいがあって、安心感があって本当は優しくて世界一最強の父を失うのだ。

優しいお母さん、頼りになるお父さん。そんな家族に憧れてたけど今世でもカティがそれを手に入れるのは無理なようだ。

そういう星のもとに生まれたのかもしれない。今世に限らず、何度生まれ変わっても自分が幸せな家族を得ることはないのかもしれない。

ちょっぴりしんみりしてしまい、カティの手が止まる。あまり食べなくなったカティを王妃が心配してくれる。

「カティちゃん、どうしたの？　お父様の元に戻りたい？」

カティは首を横に振る。

エドヴァルドは本当の父親ではない。

……それに自分は罪人の子なのだから。

だったらせめてこれまで公爵令嬢として育ててくれたエドヴァルドに恩を返したい。

そのための布石を打つために、これからカティは頑張るつもりだ。

エドヴァルドとカトリ王女の縁談を潰しつつ、かつ隣国にエドヴァルドを支援させるために。

優しい大好きな国王だが、アンティラ家がエドヴァルドの調査を行うことを認可した。国王はエドヴァルドを信頼していると思っていたから、ちょっぴり傷ついた。

為政者として優秀な証拠だけど……カティにデレデレしている姿はあまり優秀には見えないけど。

ともかくそういうわけで、遠慮なく国王も国も計画に巻き込むことにした。

——よし。今から諜報員カティの最後の名演技をとくとご覧あれ!!

「……かあたま」

そう言ってカティはくすんくすんと泣いた。

ちょっと、いやかなりエドヴァルドの視線が気になるが、そこは知らぬふりをする。

思った通り、国王陛下はすぐにカティの頭を撫でてくれた。

「ああ、なんと哀れな。母を恋しがっておるのか。王妃や、カティちゃんをあやしてやりなさい」

「ええ、もちろんですわ。陛下、このままずっとカティちゃん王宮で暮らすのはどうかしら?」

「それは名案だ！　誘拐もあったことだしな、ここなら警備も……いや、王妃よ。カティちゃんにはエドヴァルドがいる」

エドヴァルドの凍てつくような視線に気が付いた国王はすぐさま前言を翻《ひるがえ》す。

「エドヴァルド、お前が妻を迎えればカティちゃんもこうして寂しがらずに済むだろう。せっかく良い縁もあるのだから、どうだ？　娘のためだぞ？」

「まあ！」

その言葉を聞いてカトリ王女が嬉しそうに声をあげる。

「陛下、カティ様は私に懐いてくださってるの、仲良しですのよ」

カトリ王女がカティに手を差し出すと、カティも王女に向けて手を伸ばした。

「おお、それはなにより。これは一気に話が進むかもしれんな」

国王は上機嫌でワイングラスを傾ける。

「何の話かは分かりませんが」

エドヴァルドからひんやりとした冷気が漂う。

「ほら、見てみろ。二人の仲睦まじい様子を」

エドヴァルドの不機嫌な様子に内心びくつきながらも懲りない国王。

カティは嬉しそうに笑い、カトリ王女に抱っこされている。

それを見てさらにエドヴァルドの機嫌は悪くなり、心なしか部屋の温度が下がってきている。

（――今だ！）

カティはその機を逃さず好意を全身で表すようにカトリ王女の首を抱き、王女の耳元で囁いた。

「――嘘つき、猫かぶり」

「え⁉」

「カトリ王女、どうなされた？」

急に大声を出すカトリ王女に国王が聞く。

「い、いいいえ」

慌てて外面を取り繕うカトリ王女の耳元でカティはさらにつぶやく。

「赤ん坊だからって簡単に利用出来るなんて思わないで。貴女がとう様の伴侶にふさわしいとでも？　絶対に認めないから」

「嫌っ！　何この子⁉　気持ち悪い！」

自分から引き離そうと、カトリ王女がカティの体を掴む。

しかしカティはカトリ王女の首にしがみつき、とどめとばかりにくすっと笑った。

「――気持ちが悪い？　『せいぜい懐いてもらって利用させてもらうわ。私に子供が出来たら、いじめるとかなんとか言って放り出してもらわなくちゃね』だっけ？　か弱い赤ん坊にそんなことを考える貴女の方が気持ち悪い。このことをばらされたくなければさっさと国に帰って」

「いやっ！」

そう言われたカトリ王女はカティを力ずくで引き離し、床に向かって投げ捨てた。

（いったあ――！）

小さなカティの体が床でバウンドする。咄嗟のところでカティは自分の身体を回転させて受け身を取った。エドヴァルドの訓練様々だ。

（で、でもちょうどいいから我慢……）

カティは、転がっていった床でピクリとも動かずに、気を失ったふりをする。

それを見たメイドから悲鳴が上がり、一気に場が騒然とする。

国王夫妻も立ち上がり、カティに駆け寄った。

エドヴァルドは素早くカティを抱き上げると、荒々しく部屋を出ていった。

ドアの外から医師と魔術医を呼べとエドヴァルドの怒鳴り声が聞こえてくる。

そして、部屋に取り残されたカトリ王女を、国王夫妻が危ないものを見るような目で見つめていた。

「へ、陛下。これは……これには理由があります！」

「赤ん坊を投げ捨てる暴挙にどのような理由があるというのだ⁉」

「あれは化け物です！　わたくしを……わたくしに向かって……」

「……しばらく王女殿下には客室に蟄居していただく。隣国に報告し、返事が来るまでは城内を自由に歩くことを禁ずる」

隣国からついてきている侍女や侍従、護衛騎士までが王女が赤ん坊を床に投げ捨てたところを目撃している。

カトリ王女は今度こそ、反論することもごまかすことも出来なかった。

§

カティは執務室で、冷気に晒されて震えていた。

エドヴァルドが、全身に怒りを湛《たた》えている。

抑えようとしても抑えきれない冷気がにじみ出て執務室全体に広がっているのだ。

「エドヴァルド様、落ち着いてください。皆が凍《こご》えてしまいます」

レオがなだめるが、エドヴァルドの表情は変わらない。

「落ち着いている」

「カティ様が凍《こご》えておられますよ」

カティは寒さよりも、エドヴァルドの怒気に当てられて恐怖で震えているのだが。

また馬鹿なことをしたと、相当怒られるに違いない。

エドヴァルドは恐怖にひきつったカティを抱き上げた。

「怖い目に遭ったな。こんなに震えて……あの王女にはそれ相応の対処をする」

（いえ……とう様の怒りに震えております……）

震えるカティがこくこくと頷くと、次第にエドヴァルドの怒気は収まり、冷気も収まっていった。

「お前に怪我がなくてよかった」

エドヴァルドは安心したように両頬にキスをし、最後に額にも軽く触れてカティをきゅっと抱きしめた。

（ちょっ⁉　キ、キス……いつもより多いんですけども⁉）

そのショックで怖さも震えもすべて吹っ飛んでしまった。

カティは顔を上げると、エドヴァルドに向かって頭を下げる。

「……とう様。ごめんなさい」

「無茶をしすぎだ」

エドヴァルドはそう言うと、カティを自分の目の高さまで持ち上げた。

「いくらお前が普通と違って、体を鍛えていると言ってもその身体は赤子なのだ。大けがをしたらどうするつもりだ？」

「あんなに……投げ飛ばされるなんて思わなかったの。ちょっと気味が悪いと思ってくれたらいいなって」

「本当ですよ、あの王女おかしいんじゃないですか？　こんな小さな子を投げ飛ばすなんて！」

レオは憤慨している。

ちなみに、念のため、医者とミルカ両名に診察をしてもらい無事を確認している。

投げ飛ばされたとはいえ、受け身を取れた自信はあった。それでもきちんと医者に問題がないと確認してもらい安心した。

カティはにっこりと微笑んで、エドヴァルドを見つめる。

「でもこれであの王女は帰国するでしょう？　とう様、家に戻れるでしょう？」

その言葉を聞いて、エドヴァルドはため息をついた。

「私のためにお前が傷つく必要はない」

カティはしゅんとしたが、その頭のてっぺんに柔らかい何かを感じた。

（うっ……ま、また。頭のてっぺん……）

「お前は何をするか分からないから本当に目が離せないな」

もう一回、頭のてっぺんが温かくなる。

カティは身じろぎもせず、レオも固まっているが、エドヴァルドの溺愛ぶりにも少しずつ耐性が付いてきたようで、なんとか無表情を保って控えている。

そこでふと、エドヴァルドの雰囲気が変わった。

「それで王女になんと言った？」

「え？」

（と、とんでもない脅し方をしたなんて言えない……！）

「いえ……その、お国に帰られたらいかがでしょうって。あははは」

乾いた笑いでごまかすと、エドヴァルドは一瞬表情を緩めてから肩をすくめた。

「ふ、そうか。いつか聞かせてもらおう。カティ、今日はもう休め。きっと後から全身に痛みが出てくるはずだ」

「はい！」

思わぬ優しい言葉にホッとして、それからカティは「あっ」と声を上げた。

「とう様！　この間のお茶会のことをお伝えしてませんでした」

そう言って、カティはアンティラ公爵と国王の話を報告した。

話そうと思いながら、なかなか機会がなかったのだ。

アンティラ公爵がエドヴァルドの身辺調査を上申し、国王が調査を許可したこと。

過去に行った私刑をネタに、エドヴァルドを追い落とそうとしていることを伝える。

ようやく役に立つことが言えた……とホッとしたのも束の間、エドヴァルドが渋い顔になったのに気が付く。

「……そうか。あの狸、信用出来んな」

「陛下のこと？」

「まあな」

エドヴァルドは頷いて、その長い指で顎をなぞった。

概ね、国王はエドヴァルドにアンティラ公爵との会話を伝えてくれた。しかし、カティが言ったアンティラ家の調査に認可を出したことや、エドヴァルドの今後の処分まで話し合っていたことは隠していたのだ。

状況によってはエドヴァルドを切り捨てる可能性もあるということかもしれない。

アンティラ家も長らく王家に仕えてきた家だ。

しかも王家の陰の部分を担っている以上、粗略には扱えないはずだ。今後を考え、国王に真実を話して味方に引き込めたと思っていたが下手をすれば悪手になるかもしれない。

その時は……宰相という地位に、この国に固執することはない。

エドヴァルドは思案していたが、カティの心配そうな顔を見て首を横に振る。

「よく伝えてくれたな。あとはゆっくりと休むがいい」

「……はあい」

そう言ってから、エドヴァルドはカティを休ませた。

そして、カティが眠った執務室ではエドヴァルドとレオの今後についての話し合いが行われたのであった。

○カティと治癒魔法

エドヴァルドの言う通りだった。

その夜、全身に痛みが出て、熱が上がってきた。

カティが頭の痛みをこらえて、ふうふうと荒い呼吸をしていると、エドヴァルドが抱き上げてくれる。

「辛いか」

「とう、様……」

厄介事を増やした挙句、こんなに面倒をかけてはいけない。

そう思って、カティが早く寝るようにとエドヴァルドに言おうとした時だった。

「これを持て」

「え？」

差し出されたのは、いつもの小枝だ。

魔法の杖――といえば聞こえがいいが、ビームしか出せない小枝。

「これを持って、自分に向けてあのびーむを出すのだ」

びーむ、といまだに言いなれないらしい口調でエドヴァルドに言われて、思わずカティが顔をほころばせる。

「どうして？」

「やってみれば分かる。思い切りだ」

身体が痛くてそれどころじゃない。けれど、今のカティがエドヴァルドに逆らう選択肢はない。

「ん〜〜、えいっ」

痛む体で、杖を自分に向けて振った。訳の分からない光に包まれるのは怖いので目を瞑る。

やはりエドヴァルドの時と同じように、自分の体が光に包まれる。

同時にふわっと体が温かく感じた。

「どうだ？」

エドヴァルドに聞かれて、目を開ける。何かが変わった様子はない。

「どうって……別に……」

「痛みや熱は変わりないか？」

しかしそう聞かれてハッとした。さっきまでは持ち上げるのも精いっぱいだった小枝をしっかり持つことが出来ている。

それにどこも痛くない。

「痛く……ない？　熱もさがったみたい……ええ!?」

（いったいこれって……？）

びっくりしてエドヴァルドを見ると、彼は満足そうに頷いた。

「お前はただの光線だと思っていたようだが、これは治癒魔法だ」

「ええ、治癒魔法って……」

（おおおおっ。やっぱり聖女じゃない⁉　ここからチートが始まったりする⁉）

目を輝かせると、エドヴァルドが少々難しい表情になった。

「治癒魔法を扱える者は少ない。だからあまり人に知られない方がいい。本当はお前自身にももう少しトレーニングしてからしか話すつもりはなかったのだが――」

「だから人に向けるなって言ってたの？　でも動物や植物にも当てたらダメっていうのは？」

「枯れかけた植物が戻ったり、病気の動物が元気になったりしたら周りに気が付かれてしまうだろう？」

確かにそうだ。

そこまで踏まえて考えていたなんて、さすがとう様。

カティは一気に楽になった身体をうんと伸ばしながら、エドヴァルドに微笑んだ。

「えへへへ。私、貴重な魔法使えるんだ。嬉しい」

「おそらくはまだ、人の疲れや打撲痛を取る程度の慎ましやかなものに過ぎない。しかし絶対他人に知られないようにな。それこそ攫《さら》われる可能性が高まる」

（これをマスターすれば細々とでも一人で生きていける！　聖なる乙女として教会に行ったら大事にしてもらえるかもしれない！　孤児院でも重宝してもらえるかも）

「はい。分かりました」

これで今後の身の振り方について憂いがなくなったとホッとする。

ニコニコ顔のカティにまたいらぬことを考えているのだろうと、その表情を見たエドヴァルドに気付かれるのだった。

§

さて、それから隣国に報告が回るとカトリ王女は即刻帰国を命じられた。

隣国の国王が直々に謝罪と王女の引き取りにやってきたそうだ。

エドヴァルドへは慰謝料と今後何かあった場合の支援を約束し、国に対しても交易上ローベンス王国に有利になる条件で契約が結びなおされた。多大な迷惑をかけられはしたものの、ローベンス王国としては上々の結果だったと言える。

王女が帰国する前日、エドヴァルドは客室に軟禁されているカトリ王女を訪ねた。

「エドヴァルド様！　ああ、来てくださいましたのね。あなたは分かってくださるでしょう？」

カトリ王女は愛しのエドヴァルドに、涙を浮かべて走り寄る。

「私、明日になれば、我が国に連れ戻されますわ！　しかも友好国の令嬢を害したからと幽閉が決まっておりますの！　あれは……あれは仕方がなかったのですわ！　あの赤ん坊はなんなのですか⁉」

その言葉を聞いて、エドヴァルドはカティがカトリ王女に何をしたのかを悟った。

恐らくは大人としての口調――エドヴァルドと二人で話すときの口調で、彼女を脅しでもしたのだろう。

その姿を思い描きつつ、エドヴァルドは無表情のままカトリ王女に向かった。

「そのことについて聞きに参りました。カティはまだろくに話すことが出来ません。王女はそんなあの子を化け物だと言うのですか？」

「エドヴァルド様は知りませんの？　あれは赤ん坊などではありません！　化け物です！　でなければあんなこと……」

「カティは何を？」

「それは……」

カトリ王女は視線をそらす。

「と、とにかく！　赤ん坊のくせにぺらぺら話して、嘘ばかり並べて気味の悪い！　エドヴァルド様は騙されているのです！　二人で正体を暴きましょう!?　そして私と一緒に……」

「私の娘を気味が悪い？　化け物？　赤ん坊を床に投げつける貴女の方がよほど化け物だと思うが」

エドヴァルドの冷たい視線にカトリ王女は怯《ひる》んだ。

「エドヴァルド様……」

「それで、私と一緒になりたいと？　叶えてやってもいいが？」

「本当ですか!?」

カトリ王女の顔に喜色が浮かぶ。

「ああ、公爵邸の皆が喜ぶ。カティを害した貴女が帰国してしまうと二度と手が出せないからな。私の妻となると事情は変わる——私が咎《とが》めなければそれでよい。公爵邸での生活はさぞ楽しいだろう。……あれは、皆から愛されているからな」

暗に、公爵邸で命の保証はしないと脅されたカトリ王女は真っ青になった。

今まで必死にエドヴァルドに縋りついていた手を外し、うなだれる。

「……わたくし……国に戻ります」

「そうするがいい。それから……カティの事を言いふらすのも感心しない」

エドヴァルドは満足げに頷いた。

同時にさっと手を振るう。すると客室に飾ってあった花々が一つ残らず凍りついた。窓も霜に覆われ、部屋の中が真冬のように寒くなる。

エドヴァルドは立ち上がると、棚に置かれていた花々から一輪を抜き出して、青ざめた表情のカトリ王女の前で粉々に握りつぶした。

カトリ王女は全身を震わせて、エドヴァルドを見上げる。

「……つまり、やはりあの子は……」

しかし、その言葉が言いきられる前にびしっと窓にひびが入る。

カトリ王女は、悲鳴をあげた。

「い…言いません！　二度と……言いませんから！」

「国に戻ってからも気が変わらぬといいな。その時は……妻として迎えよう」

そう言い捨てて、床に崩れ落ちたカトリ王女に見向きもせず、エドヴァルドは部屋を出て行った。

王女の件は片付いた。

カトリ王女を追い出すために頑張り、エドヴァルドは慰謝料として隣国の後ろ盾を得た。

その結論を聞いたカティはホッとした。

これでたとえ、国内でエドヴァルドが罪を問われたとしても、最悪の事態になることは免れるだろう。

しかし一つ前進したものの、根本的な問題はそのままだ。

(犯罪者の娘《わたし》がユリ公爵家にいることは出来ない。とう様に迷惑をかけているかと思うと心苦しい。それにいずれ出て行くのだから、これ以上絆を深めないようにしなくちゃ……)

このところのエドヴァルドは、やけにカティに甘くなった。

だからようやくカトリ王女から解放され、屋敷に戻れることになったエドヴァルドと出来るだけ距離を取ろうとしているが、うまくいかない。

「とう様、私ももう淑女ですので、自室で休みたいのですが……」

エドヴァルドのベッドに寝かされそうになったカティは抵抗してみる。

「却下だ」

「……私がいると、とう様がゆっくり休めませんし、お身体が心配なのです」

「心配なら、なおさら付き添うがいい」

折を見てはなんとかエドヴァルド離れを果たそうと企むが結局、以前と同様抱っこされて連れまわされ、エドヴァルドの側が定位置となっている。

義父離れ。それがカティにとって最大のミッションになろうとしていた。

○幕間　アンティラ公爵家の一夜

カトリ王女がユリ公爵家の令嬢を害した事件の噂は、あっという間に社交界に広がっていった。

ユリ公爵の溺愛する令嬢に対して同情的な意見が主だが——ここでは、苦々しげにその事件の報せを見るものが二人いた。

「カトリ王女も余計な真似をしてくれた。もう少しであの男を陥れる舞台が整ったのに」

アンティラ公爵は苛立たしげに言葉を吐き出す。

その隣で、アンティラ公爵の娘——マルガレータが頷く。

「そうですわね。わたくしも王女殿下には色々思うところがありましたのに。自ら退場なさるなんて残念でしたわ」

しかしその表情は穏やかで美しく、だがどこか作り物めいている。

アンティラ公爵は、その表情を見て、実の娘のものだと言うのにわずかに背中の毛が逆立つように感じた。

「ああ、そうだな」

しかし、すぐに気を取り直して手元にあるエドヴァルドについて調べさせた資料を見る。

エドヴァルド・ユリ。清廉潔白にして、貴族の腐敗を弾劾して中央を改革した優秀な若き宰相。

アンティラ公爵にとって、王や官吏の信頼厚いエドヴァルドは目障りな存在だった。

なぜならアンティラ家は代々、国のため、王家のために影として、後ろ暗い部分を担ってきたからだ。

しかし、国王の力が増し、貴族同士の争いが減った。世の中が平穏になるにつれ、その力が必要となる機会が少なくなっていた。

そして、持て余した力を、アンティラ公爵家は私腹を肥やすために用い始めた。

そこをエドヴァルドは粛清したのだ。エドヴァルドのせいで配下の貴族と組織が潰された。

結果として、アンティラ家は実働部隊や協力者という手足をもがれ、裏稼業による収入や利権を断たれた。その恨みと、自分たちもエドヴァルドに尻尾を掴まれ叩き潰されるのではないかという危惧とで、アンティラ公爵はエドヴァルドを追い落とす決意をしたのだ。

何より陰から王家を支えてきたアンティラ家の誇りを光を浴びる場所で颯爽と正義を振りかざして、ぶった切ったエドヴァルドには憎しみしかない。

しかるべき屈辱を味合わせ、宰相の座から引きずり下ろす。

そのために、カトリ王女の婚約者として華々しく注目を浴び、あの男の地位が盤石になるその時を待っていた。そして舞台が整い次第、罪を突き付け、糾弾し、全てを奪う。

より屈辱を与え、全てを奪い天国から地獄へ引きずり落としてやるつもりだった。

王女を巻き込み、事を大きくし、隣国にまでその醜聞が広がれば、エドヴァルドを気に入ってい
る国王といえども隠蔽は出来まい。

そう算段し、エドヴァルドを弾劾する準備を進めていたというのに、あの愚かな王女のせいで折角の舞台が台無しになった。

アンティラ公爵は、わずかにため息を吐いて娘を見つめた。

「お前の方は大丈夫なのか。ハハト元子爵に顔を見られているようだが」

「元子爵は私のことを知りませんし、今後会うこともないから特定されることはありませんわ。でも、すぐにあの子供ともども処分すべきでした」

公爵の言葉に、マルガレータの笑みにわずかにひびが入る。きゅっと彼女の手に力が入った。

アンティラ公爵はそれを見ながら頷く。

「まさか、あの男が隠れ家から子供を連れ出して逃げるとは思わなかったからな」

「ええ。不憫な孫を守るために必死だったのでしょう。そそのかされて誘拐したものの、私の手の者を信用しきれなかったのでしょうね」

「実行犯は現場で処分されたと聞いているが」

「ええ。男たちが騎士に斬られたという目撃者が数名おりました。生きて捕縛されていれば、耳に入るはずです。でも万が一生きていても、口を割るとは思えません。彼らは私に忠誠を誓っておりますから」

マルガレータは薄く笑った。

「だとよいが。こうなった以上は仕方がない。陛下に掛け合い、あいつは議会で断罪するとしよう」

アンティラ公爵は、憎々し気に言い捨てた。

傀儡《かいらい》だったサンダル侯爵が、エドヴァルドが溺愛する令嬢――カティの誘拐に失敗した時、彼とのつながりの発覚を恐れて口を封じた。

あの時誘拐が成功していれば、赤ん坊を人質に宰相の座を退かせ、表舞台からエドヴァルドを消すことが出来た。そしてマルガレータを近づけて薬を使い、エドヴァルドを傀儡《かいらい》にして溜飲を下げようと考えていた。

しかし失敗した。サンダル侯爵を殺《あや》めた以上、エドヴァルドの追及が厳しくなることは明白。自分たちの身の安全のためにも穏便に済ませるわけにはいかなくなった。

しかし、宰相の溺愛する娘を誘拐した犯人がその祖父だと判明すれば、その背景が詳細に調査されるだろう。

エドヴァルドがカティの母を断罪したことは分かっている。

素行の問題で公爵家を追放された騎士が、わずかな金と引きかえに情報を渡したのだ。

あのエドヴァルドが、過度な私刑が国内で罪になると分かっていて勝手に断罪したとは思えないが、隠しているということは公《おおやけ》に出来ない事情があるのだろう。

それならその理由を作ればいい。

『エドヴァルドは美しい義弟の妻ユリアンナを手に入れるために義弟を殺したが、自分に靡《なび》かないユリアンナも殺害。それを取り繕うためにユリアンナが罪人であるかのように仕立てた』と。

馬鹿な元ハハト子爵を欺いた内容を真実として報告すればよい。

証拠・証人などいくらでも用意出来る。

それがアンティラ公爵の思惑だった。

自分の描いた未来図を思い浮かべ、ニヤニヤと笑うアンティラ公爵の隣で、マルガレータもまた美しい笑みを浮かべる。

「お願いいたしますわ、お父様。わたくし、エドヴァルド様がすべてを失うのを本当に楽しみにしておりますの」

マルガレータと、アンティラ公爵の思惑は少々異なる。彼女にとってのエドヴァルドは敵ではない。

彼女はただ、エドヴァルドを手に入れたかったのだ。

マルガレータは昔に婚約を白紙に戻されてからずっとエドヴァルドに執着していた。

幼いころのマルガレータは、アンティラ公爵家を恐ろしく思っていた。血にまみれた一族の澱《おり》のようなものを感じていたからだ。

「エドヴァルド様――」

血の軛《くびき》から逃れたくて、心の中で悲鳴を上げていたが、父は救ってくれなかった。

そんな時、エドヴァルドに出会った。不愛想で決して親しみやすい人間ではなかったが、真っ当で光の中に立っている強いオーラに一目でマルガレータは心惹かれたのだ。

光の中にいるエドヴァルドが眩しく、一緒にいると自分も暗い場所から日の当たる場所へ連れて行ってもらえるのではないかと、会うたびにマルガレータの思いは募った。

しかしエドヴァルドは常に冷静で一定の距離を置いていた。

彼が本当の意味で笑いかけ、気に掛けるのは弟のクラウスだけだった。

だから、少しでも彼の笑った顔が見られるように、そしてお茶会の時間が長くなるようにといつもクラウスも誘った。

そんなクラウスとにこやかに話すその裏で、彼の顔に何度も何度もナイフを突き刺す光景が勝手に思い浮かんだとき、自分は確かにアンティラ家の昏《くら》い血をひく人間だったのだと思い知った。

そして、その後婚約の話は白紙になった。

自分を日の当たる場所に連れていってくれたかもしれないエドヴァルド。

それが手に入る目前で取り上げられたように思ったマルガレータはそれ以降も、エドヴァルドを追い求めるようになった。

(でも、今見たいのは、私を救いあげてくれるエドヴァルド様じゃなくて、私と共に堕ちてくださるエドヴァルド様なの)

聞けば、エドヴァルドはカトリ王女へ怒りをぶつけ、その怒りと魔力で花を凍《い》てつかせたという。

その光景を幻視しながら、マルガレータは机の上に置かれた花瓶から一輪のマーガレットを引き抜いて、一枚ずつ花びらをむしっていく。

二人で光の世界で生きることを夢見ていたマルガレータはもういない。

あの王女がお茶会でエドヴァルドに親しげに寄り添っていたのはいただけなかったが、それも後に待っていることを思えば楽しみに変わる。

マルガレータは心の中で王女の美しい顔を傷つけ、そして煌《きら》めく銀髪を乱暴に切り落とした。

そうすると胸がすく思いがし、自然に笑みが顔に浮かぶ。

(最後に彼を抱くのはこの私。ボロボロになったエドヴァルド様をこの腕でやさしく包んで癒して差し上げるのが待ち遠しい。地位も名誉も失い、家族を失ったあなたを飼って差し上げます。大切に大切にしてあげますわ)

マルガレータは狂気を宿した瞳を輝かせた。

地獄の底の暗闇で、ほかには誰もいない場所でボロボロに弱り切ったエドヴァルドを慈しむ。

エドヴァルドの美しい瞳が映すのは自分だけ、エドヴァルドが縋りつけるのも自分だけ。マルガレータを飼い主のように妄信させる。

そんな未来がもう少しで手に入る。マルガレータはうっとりとそんな光景を思い浮かべるのだった。

○断罪の準備

「カティ」

「任せてください！」

数日後、エドヴァルドとカティの元に一通の招待状が届いた。

エドヴァルドに呼ばれて、カティは張り切って手を挙げる。

アンティラ公爵の件を伝えてから、とあるミッションを頼まれたのだ。

カティとしては、これが自分の最後のミッションになると考えている。

（とう様と離れることになるのは寂しいけど……）

それでもやらなければ……！

カティは決意をみなぎらせると、とある場所にその小さな身体を隠した。

§

大勢の貴族たちが居並ぶ王家主催の茶会に、エドヴァルドも招待されていた。

い、い、い、か、か、い……

そこにカティはいない。

王宮の美しく整えられた庭にテーブルが設置されている。上品で高級な食器が用意され、美味しいお菓子や紅茶が提供されている。

それを味わいながらも、参加した貴族たちはひそひそと囁き合った。

「突然でしたものね」

「国王陛下のお召しとあらば、馳《は》せ参じますが……」

「カトリ王女のこともございましたから」

急遽開催されたこの茶会には、何かしら目的があるのではという声だ。

カトリ王女の乱心についても関心が集まり、そのことと何か関係があるのではと面白おかしく話題にされている。

エドヴァルドは特に、事件の関係者でもあり、貴族たちに囲まれている。

常日頃、恐ろしく怜悧なオーラを振りまいているエドヴァルドには近寄りがたいのだが本日に限っては、皆の好奇心が上回っているようだ。

おまけにカティを連れず、一人で参加していることでカティの心配という口実で話しかけ易い状況でもあった。

さらにエドヴァルドが無表情ながらも丁寧に対応したことで、貴族たちがヒートアップする。

しかし、そんな挨拶が一通り落ち着き、エドヴァルドがマルガレータのいるテーブルに着席すると、何か、話があるのだと察した他の者は気を利かせて席を立った。

エドヴァルドはすっかり人のいなくなったテーブルで、マルガレータに軽く会釈をした。

「アンティラ嬢、先日は失礼した。カティへの見舞い、感謝する」

「喜んでいただけたなら嬉しいですわ」

ぱっとマルガレータの表情が明るくなる。

エドヴァルドは重ねて、少し頭を下げた。

「それから、あなたに失礼な物言いをしたことに改めて謝罪させてほしい。申し訳なかった」

「何のことでしょう？」

「令嬢から婚姻の話を提案してくれたのにもかかわらず、恥をかかすような真似をしてしまった」

その言葉に、さらにマルガレータの表情が明るくなる。

マルガレータは柔らかな金髪を揺らし、頬を赤く染めて微笑んだ。

「いいえ、気にしておりませんわ。エドヴァルド様がカティ様を大切にされていることがよく分かりました。王女殿下のこと、残念でございました。まさかあのようなことをなさるなんて……カティ様はいかがですか？」

「幸い、大きな怪我はなかったが、今日はまだ部屋で休ませている。しかし娘がこんな時でさえ、立場や身分上ついていてやれない。……やはり母親が必要かもしれないと思い直しているところだ」

エドヴァルドがわずかに目を伏せる。

まあ、とマルガレータは手で口元を隠した。しかしその陰からは、隠しきれない笑みが覗いている。

「……ではエドヴァルド様はご結婚をお考えに？」

「必要性を感じている。実はすでに何人か候補は挙げた。あなたは私との婚姻を考えてくれると言ってくれていたからきちんと報告をしようと思っていた」

「ぜひ、私も候補の一人に加えてくださいませ。カティ様のような可愛らしいお子様の母になれるなんて幸せですわ」

「ありがたいが厚意に甘えることは出来ない。アンティラ嬢はまだ若い、その若さで他人の子を育てさせるのは忍びない。それに相手が私では御父上が許さないだろう。それで、アルヴィ殿はどちらに？」

「あ、兄は……少し体調を崩して休んでおります」

「そうか、お大事にと伝えてほしい。では失礼する」

そう言って、エドヴァルドはテーブルを離れていった。

マルガレータは呆然とした表情で、エドヴァルドを見送る。

そこへ、入れ替わるように父のアンティラ公爵がやってきて、テーブルについた。

大きな円形のテーブルには真紅の布がかけられている。マルガレータは優雅にドレスを揺らして、椅子に腰かけなおした。

すると、すぐさま薫り高い紅茶と上品な菓子を用意して使用人たちが下がっていく。

その場は、アンティラ公爵とマルガレータのみになった。

テーブルは一つ一つ離れて設置されており、他の貴族たちは各々自分たちの話に夢中である。屋外であり、遮るものがない分、かえって盗み聞きされる心配もない。

アンティラ公爵は、娘の表情を見て意気込んで聞いた。

「彼と何の話を？」

「――結婚を検討されるそうですわ。候補者もいるそうです」

「ほう」

アンティラ公爵は意外そうに目を瞠《みは》った。

マルガレータが俯きながら、言葉を繋ぐ。

「でも、わたくしは駄目なのですって。あの子の母親にするには若くて申し訳ないと」

「は、体《てい》のいい言い訳だな」

「ええ、本当に。私を娶《めと》る気など、そもそもさらさらないでしょうに。……ところで陛下はなんと？」

そう言ってマルガレータは優雅に微笑んだ。

先ほど、アンティラ公爵は、エドヴァルドについての調査結果を国王に報告しに行っていたのだ。

娘の言葉に、アンティラ公爵はにんまりと笑う。

「首尾は上々だ。エドヴァルドが義弟夫婦を殺したと報告した時は、まさかと驚かれていたよ」

「陛下は宰相としてエドヴァルド様を信用されておりますもの」

「ああ、だがアンティラ公爵家も王家に対する忠誠心は負けてはおらぬ。それに陛下もユリ公爵の身辺調査を許可してくださった。ということは、奴に対して思う所があるのだろう。あとは我々の手腕の見せ所だ」

「まあ、でしたらうまくいきそうですわね。エドヴァルド様が、結婚される前にお願いしますね。邪魔者が増えると困りますから」

「ああ、すぐにでも陛下に報告する」

「でもお父様、エドヴァルド様を失脚させるだけにしてくださいね。万が一にでも、拘束されることのないようにお願いいたしますわ」

小声でマルガレータが言うと、アンティラ公爵は頷いた。

「分かっている。証人には金を握らせて、嘘の証言をさせる。そのうえで、陛下にはこれまでの功績を差し引いて拘束させず、爵位と領地を奪い平民落ちを勧めるつもりだ。その後、あの男がお前に繋がれて飼われる様子を思い浮かべるだけで溜飲が下がるわ。で、赤ん坊はどうする気だ」

「どういたしましょう。エドヴァルド様が溺愛されておりますから、お人形さんにして側においてあげてもよろしいわね」

アンティラ公爵の問いに、途端に無邪気な笑みを浮かべるマルガレータに、アンティラ公爵はわずかに顔を歪めた。かたっとわずかな音がして、アンティラ公爵は足元に目を向ける。

しかしそこには何もいない。

まさか自分が、娘を見て震えたのか、とアンティラ公爵は自嘲するような笑みを浮かべた。

娘とはいえ、その妄執にぞっとする。アンティラ家の昏《くら》い血を確かに引いている姿は、兄のアルヴィよりもよほど後継者にふさわしい。

そう思い、咎《とが》めることはしないまま、アンティラ公爵は言葉を続けた。

「陛下から、あの赤ん坊の誘拐事件についても調査するように言われた。元子爵をそそのかした黒幕も動機も分からぬ限り、事件が終わったとは言えぬと。もしやエドヴァルドが関与していないかとも聞かれたぞ」

アンティラ公爵はくくっと笑った。

「そこまで考えてもなかったが、誘拐事件もエドヴァルドの自作自演で、邪魔な赤ん坊を始末するために祖父を利用したということにすれば、奴の罪はぐっと重くなる。陛下もなんともありがたい助言をくださったものだ」

「でも今から証拠は集められますの?」

「ああ、心配するな。任せておけ」

歪んだ笑みを浮かべて、二人が話す。

誰かが、アンティラ公爵に挨拶しようと近づいてくる。

二人はお茶会にふさわしい笑みを浮かべ、その客を迎え入れた。

○断罪の議会

茶会から数日後、エドヴァルドは国王に召喚された。

呼び出された部屋には高位貴族や王宮の主要部署のトップが揃っていた。アンティラ公爵、マルガレータも控えている。

マルガレータは、これから行われるだろう断罪劇に仄暗い喜びを感じながら、表面上は凛とした様子でエドヴァルドを見つめている。

エドヴァルドは青みがかった瞳を眇め、周囲を一瞥してから国王に向き直った。

「陛下、これはいったいどういうことでしょうか」

「宰相、そなたは国のために粉骨砕身尽くしてくれている。しかし、そなたにある疑いがあると訴えがあった。そなたのためにも、疑惑を早々にはらした方がよいとこうして場を設けたのだ」

エドヴァルドは感情が読み取れない目で国王を見る。

「疑惑とは？」

「いつもであれば、そなたにそのまま伝えてもらうところだが――マティアス」

国王の横に立つ宰相補佐のマティアスが呼ばれ、書類を開く。

しかし、上司であるエドヴァルドに睨まれているため半ば涙目だ。

「エドヴァルド・ユリ公爵。この度は、このような場にお越しいただき――」

「よい。早く詳細を述べよ」

「は、はい！」

声が震えている。しかし、国王やその後ろで睨みつけるアンティラ公爵を見て、マティアスは必死に書面を読み上げた。

「ユリ公爵には、五つの疑いがかかっております。一つは、公爵の義弟であるクラウス・ユリ元公爵の妻を手に入れるために彼を殺害したこと、そしてユリアンナ様の心が手に入れられずに彼女を殺害したこと――」

それを聞いて室内がざわめく。不正や悪事を許さず数多《あまた》の貴族や役人たちを粛清してきたエドヴァルドが、身勝手な醜い嫉妬心で二人も殺《あや》めていたとなると大問題である。

その声と共に、エドヴァルドの眉間の皺が深まっていくのを見て、マティアスはますます顔を引きつらせる。

冤罪であった時、無事で済まないかもしれない恐怖に駆られる。

それでも職務はまっとうせねばならない。

「ユリ公爵の弟君のご息女、カティ様の虐待と誘拐事件の捏造。そして、王家に対する偽証と国家反逆罪でございます……」

いっそのこと有罪であってくれ！　とすら思いながら、マティアスは書面を読み上げ切った。

事実であれば、とんでもない罪状だが、エドヴァルドは表情も変えない。

ただ、ひんやりとした空気が部屋に漂っていた。

「陛下、罪状はこれで以上でしょうか」

「ああ。このような訴えがあったからには調査を進める必要があった。反論があれば聞こう」

「くだらない、とだけ申し上げましょう。私を陥れて得する者がいるのでしょう。今回、訴えたお方がどなたかは知りませんが」

そう言いながらエドヴァルドは冷めた目でアンティラ公爵を見た。

国王はその視線に気が付きながらも、何も言わずに頷く。

「では、宰相は今読み上げられた罪状に対して否定するということでよいな」

国王がそう言うと、エドヴァルドは頷いた。

それに伴い、マティアスがまた書面に視線を落とす。

「それでは略式ではありますが、ここで第一の罪状から審議したく存じます。宰相……いえ、ユリ公爵にお聞きします。あなたの義弟――クラウス殿が殺害された事件についてお話しください。公的には魔物と対峙中の事故と報告が上がっておりますが、事実はあなたが弟を疎《うと》んじ、死に追いやったと訴えが出ております」

マティアスはガタガタ震えそうになるのを必死にこらえている。

エドヴァルドが本当にこの断罪劇を気に入らなければ、ここを吹っ飛ばすくらいの力を持っている。もちろんそれを防ぐために騎士や魔術師たちが周りを固めているが、無傷では済まないだろう。

なぜ自分がこんな役目を……損な役回りに涙が出そうだと、マティアスは思った。

そんなマティアスの様子を見て、エドヴァルドは冷たい視線を送る。

「面倒だ。まとめて審議を。証拠があるのならば、それも耳をそろえて出してもらいたい」

その視線に血の気が引いたマティアスは、縋るようにアンティラ公爵に顔を向ける。

「しょ、証拠を……」

マティアスの視線を追い、エドヴァルドはアンティラ公爵に視線を移した。

「アンティラ公爵、これは貴殿の訴えでしたか。確たる証人や証拠を見せていただこう」

冷ややかに見据えるエドヴァルドに、アンティラ公爵は一歩前に進み出た。

同時に手を叩くと、侍従がぼろぼろの布切れを差し出す。さらにぶるぶると震えた侍女が現れた。

その布切れと侍女に、部屋中の視線が集まった。

布切れは、もとは赤いドレスだったようだが、血で黒く染まっているように見える。

アンティラ公爵はそれを高々と掲げると、声を張り上げた。

「先に、お可哀想なユリアンナ様の殺害について、証拠を提出させていただきます。これは、ユリアンナ様のお召し物で間違いないと、当時の侍女が証言しております。これは魔獣の出る森の奥深い所で発見されました。――魔獣をおびき出す魔石とともに」

強調された最後の言葉。その理由に思い至った人々は思わず口に手をやった。

「――つまり、私が魔獣を誘う魔石と共に、彼女を森に置き捨てたと？」

しかしエドヴァルドの表情は変わらない。

その無表情に苛つきながらも、アンティラ公爵は大きく頷いた。

「ええ！　彼女がそこで命を落としたことは間違いありません。そして、この証拠を提出してくれた勇気ある侍女は、屋敷でユリ公爵がユリアンナ様に言い寄り拒絶されているところを目撃している！　今まで怖くて言い出せなかったと、重い口を開いてくれたのです！」

アンティラ公爵に視線を向けられた侍女が少し青ざめたような顔で頷く。

その姿に、より一層室内がざわめく。

しかし、エドヴァルドは国王の顔をちらりと見ただけだった。

目が合った国王は、ぎくりと身を強張らせる。その視線で凍死するのではないかと錯覚するほど背筋が凍りついたのだ。

「ん、うんっ」

国王は下手な咳ばらいをすると、冷や汗をいっぱいにかきながらアンティラ公爵の方を向く。

「アンティラ公爵。その件であるが……実は、ユリアンナの処刑は私の命によるものだ」

「な!! 陛下！ そんなことは一度も言われなかったではありませんか！」

アンティラ公爵は思ってもいない言葉に焦り、大声をあげる。

お茶会で話したときの国王は知らぬ存ぜぬで、全てをアンティラ家に任せると言っていたのだ。

国王は、首を左右に振りながら、ゆったりと顔を上げる。

「公平を期すために、そなたには何の先入観もなく調査してもらいたかったのだ。我が国の宰相に悪評がある以上放置は出来まい？ そなたの調査により真実が明らかになれば、宰相の潔白が改めて証明されると考えたのだ」

「なぜ、陛下がそんなご命令を!?」

「……うむ。これは公爵家の問題ゆえ、公《おおやけ》にはしなかったのだが……宰相の弟の死はそなたの言う通り事故ではない。その妻――ユリアンナに殺害されたのだ」

室内がざわめく。

今度こそ、アンティラ公爵は気絶しそうなほどにその目を見開いた。

「そ、それは！　ユリ公爵に謀られただけでは！　い、いえ、そうだったとしてもその恨みで公平たるべき立場であるユリ公爵が残虐な方法でご令嬢を処罰なさったと言うのは――」

「それもこちらで許可したことだ。ユリアンナは魔石を夫に持たせ、魔獣に襲わせたそうだ。その魔石の購入歴も確認し、その売人も断罪済みだ。ユリアンナは他にも重罪を犯しており、残酷な方法での極刑も致し方ないと判断した。ゆえに私的な拷問にすら値しない」

「そ……そうでありましたか……」

アンティラ公爵はハンカチで額の汗をぬぐう。

国王は乾いたため息を吐く。

「一連の事件については宰相から報告され、私がユリアンナの処分を命じた。此度の審議では、我らが宰相に根も葉もない噂を流した不届き者が発覚すると思っておったが一体どういうことだ？　証拠、証人は誠か？」

うっすらと部屋の中の空気が冷え込む。それと同時に、ずっと俯いていた侍女が恐ろしさのあまり声にならない悲鳴をあげ全身を震わせている。

アンティラ公爵は彼女が何も言わないよう睨みを利かせながら、慌てて首を横に振る。

「そ、それは……私の調査不足でした。申し訳ありません」

「もう少しでまったくの濡れ衣をこの国の宰相にかけるところだったのだ。よほどの覚悟がなければ訴え出ないと思うが？　何か二心があるのか？」

「滅相もございません。この私が流言に惑わされた上、謀《たばか》られるとは面目次第もございません。ユリ公爵、心よりお詫び申し上げる」

エドヴァルドはその謝罪にも答えない。

アンティラ公爵ははらわたが煮えくり返っているような険しい顔をしていたが、エドヴァルドに頭を下げて謝罪した。

集まった貴族たちも、アンティラ家が何か仕掛けて失敗したことを悟る。

「二心はないと申すのだな」

「もちろんでございます。私はただ陛下のため、このローベンス王国の力になれればと……その思いしかございません。ユリ公爵の名誉を傷つけ、お詫びのしようもございません」

エドヴァルドは疑われて呼び出された立場ながら、視線と威圧だけで無罪を知らしめた。

アンティラ公爵は歯噛みしながら、うなだれた。

すると、そこへ畳みかけるように、エドヴァルドが視線を背後に送る。

「私からも、一点よろしいだろうか」

「は？　エ、エドヴァルド様、貴方様の無実は陛下の証言により明らかになっておりますので……」

「証拠を」

「は、はい！」

一瞬抵抗しかけたマティアスだったが、エドヴァルドの視線に慌てて扉を開く。すると別室に待機していたレオが現れた。レオは恭《うやうや》しく跪くと、エドヴァルドに白っぽい石を渡す。

エドヴァルドはレオからを受け取ったものを国王に掲げた。

「これをお聞きください」

白っぽい石から音声が流れだす。

周囲の人間から「魔道具か……！」と声が漏れる。

いかにも、とエドヴァルドは頷いた。エドヴァルドが持ち込んだのは、録音石と呼ばれる石で、魔力を持つ者が所持すると、その魔力を源《みなもと》にして録音、再生が可能な道具だ。

周囲の注目が集まると、エドヴァルドが石に触れる。

流れ出したのは、アンティラ公爵とマルガレータの声だった。

『――証人には金を握らせて、嘘の証言をさせる。そのうえで、陛下にはこれまでの功績を差し引いて拘束させず、爵位と領地を奪い平民落ちを勧めるつもりだ。その後、あの男がお前に繋がれて飼われる様子を思い浮かべるだけで溜飲が下がるわ。で、赤ん坊はどうする気だ』

『どういたしましょう。エドヴァルド様が溺愛されておりますから、お人形さんにして側においてあげてもよろしいわね』

国王の目が見開かれ、周囲の貴族たちが絶句した。

この国の優秀な宰相を陥れるどころか、国王すら謀《はか》り利用しようとするアンティラ公爵こそ、下手をすれば国を揺るがすほどの大罪人だ。

令嬢――マルガレータに至ってはエドヴァルドの妻になりたいと言っていながらも、落ちぶれたエドヴァルドを飼うなどと言っている。

その歪んだ考えに、それを聞いたものは全員がぞっとした。

先ほどの比ではないほど、室内はざわついている。

捏造された調査結果といい、明らかにエドヴァルドを陥れようとしているのはアンティラ公爵だ。

もしや様々な事件の裏にいるのはアンティラ家ではないかと囁く声が止まらない。

アンティラ公爵の顔は憤怒で歪んでいる。

「お静かに！　このような新たな証拠が出てまいりました。陛下、引き続きこの件に関して審議を進めてもよろしいでしょうか」

全ての罪状において、エドヴァルドの無実が濃厚になってきた。

せめてここからは全力で無実を信じているアピールをしながら進行すれば、後でひどい目に遭わなくて済むかもしれない。宰相補佐のマティアスが意気揚々と声を張り上げる。

「こんな偽の証拠で私を陥れる気か⁉」

アンティラ公爵が立場の逆転を感じて苛立つ。

そして、ブルブル震える指をエドヴァルドに突き付けた。

「その魔道具は魔力を持つ者が握っていないと作動しない。あ、あの時、我々の側には誰もいなかった！　そんなものを録音出来るはずがないのだ！　陛下、宰相は自分の罪が暴かれるのを察知してこんなものを用意したに違いありません！　どうかお調べください！」

その瞬間、室内が静まり返った。

さざめいていた周囲が、しんとしていることに気が付き、アンティラ公爵が狼狽《うろた》える。

エドヴァルドが静かに言った。

「あの時とは？」

己の失言に気が付いたのか、アンティラ公爵の顔が色を失う。

何か抗弁しようとしたのか、口がはくはくと開くが、何も言葉は出てこない。

しかし、エドヴァルドはそこでとどまらなかった。

「続いて証人を呼びたく存じます」

マティアスが頷き、証人が待機する部屋の扉を開けるとレオが一人の男性を連れてきた。

「紹介しましょう、娘――カティの誘拐の共犯者である元ハハト子爵です」

エドヴァルドは元ハハト子爵を紹介した。

思わずアンティラ公爵は立ち上がりそうになるが、その場で堪えた。

そもそも本来の計画ではアンティラ公爵もマルガレータも、表に出なかったはずなのだ。

カティの誘拐の時は、予想外に元子爵が逃げ出したことによりマルガレータが直接動かざるを得なかった。周りに気取られず、善意の第三者の振りをして元子爵を捕らえるはずだったが、エドヴァルドの動きがあまりにも早く、元ハハト子爵の身柄を抑えられなかったのだ。

エドヴァルドは淡々とした口調で、国王に向かって説明を続ける。

「共犯者、と申し上げましたが、元子爵は騙されて誘拐犯に仕立て上げられ、口封じとして殺害されそうだった所をユリ公爵家で保護いたしました。そして陛下。――彼だけが、この誘拐事件の黒幕の顔を見ているのです」

「なんと！」

思わず国王が口走った。

エドヴァルドはその反応にわずかに満足そうに口の端を持ち上げると、元子爵に視線を移した。

「さて、元子爵。ここにあの誘拐に関わった者はおりますか？」

「彼女です」

初老の男は迷いもせずマルガレータを指さした。

マルガレータはさっと表情を変えたが、すぐに毅然と首を横に振る。

「あら、言いがかりですわ。あなたとお会いした覚えなどありませんもの」

「私が雨の中困っていた時、馬車にどうぞと声をかけてくれました」

「そんな覚えはありませんわ」

「しかし、カティ様が怖がり、私に危機を教えてくれました。そこで離れようとしたら追手に追われ、捕らえられそうになったのです。そこをエドヴァルド様にカティ様ともども助けられました！」

いかにも実直そうな元ハハト子爵の訴えに、アンティラ公爵とマルガレータに向けられる視線がさらに厳しくなる。

先ほどの魔道具の録音といい、元子爵の証言といい、アンティラ家の心証は真っ黒だった。

アンティラ公爵は必死になって机を叩いた。

「陛下！　これは我々アンティラ家を陥れるために、ユリ公爵が画策したことです！　なんの罪もない我が娘までこのように侮辱されてはただでは済まさんぞ！」

「私はあなたに先ほど侮辱されたところですが？」

「それとこれとは違う！　何より先ほどの魔道具の信憑性は全くない！」

抗弁するアンティラ公爵を見つつ、マティアスがひっそりと手を挙げる。

「も、元子爵の証言は重要な証言ですが、誘拐犯の仲間であり、信頼性には欠けるのでは？　それを補うにはその場面の目撃者が必要となりますが……ひいっ、すいません」

エドヴァルドはじろっとマティアスをにらむ。

「すぐには無理だが、証人を用意しよう。誘拐の実行犯であり、元子爵とアンティラ令嬢が顔を合わせたのを目の前で見た男たちをな」

その言葉を聞いて、やはり押さえられていたかとアンティラ公爵が唇を噛んだ。

しかし口を割るとは思わなかった。マルガレータが薬を使い、痛みを与えて拷問が快感に変わるように躾けたのだから。特にリーダーの男はマルガレータに飼いならされていたはず。

アンティラ公爵がそう考える間に、元ハハト子爵はその身の安全のため騎士に囲まれ出ていった。

アンティラ公爵の旗色が悪い。

しかし、そこで一人の侯爵が恐る恐る手を挙げた。

「ユリ公爵、一つだけお伺いしてもよろしいでしょうか」

「なんだ？」

「先ほど、魔道具で流れた会話の真偽についてです。魔道具の可動条件が満たされていなかったようですが――」

手を挙げた侯爵に、アンティラ公爵がハッと目を瞠《みは》る。

「そ。そうだ！　あの会話が事実であると証明する必要があるだろう！」

「先ほどのアンティラ公爵の反応で明白ではあるだろうが……いいだろう。だが、宰相補佐殿、そろそろ疲れただろう。レオ、お茶を淹《い》れてあげてくれ」

エドヴァルドはこのような場で人を労わるような甘い人間ではない。

場に緊張が走る。レオだけが命令に応えるべく、即座に動き出していた。

「かしこまりました」

「い、いえ結構です！　審議中ですので控えてください！」

マティアスは公開で何をされてしまうのかと震えている。

周囲の貴族たちも突然のことでどうしたらいいか分からず、国王が黙認しているため止めることも出来ない。

そうこうしている間にレオがワゴンでお茶を運んでくる。そしてマティアスの前まで押してきた。

「エ、エドヴァルド様！　お許しください！　私は仕事で仕方なく……貴方を疑ってはおりません！　何卒お許しください」

レオが流れるような手つきで紅茶を淹《い》れると、マティアスは恥も外聞もなく命乞いをした。

「何の茶番だ！　付き合ってられん。帰らせてもらうぞ！」

アンティラ公爵は混乱に生じてうやむやにして抜け出そうとした。

「レオ、もういい」

「かしこまりました」

エドヴァルドがそう声をかけると、レオは押してきたワゴンの下の段に手を入れると先ほどの証拠品と同じような魔道具を取り出した。

そしてエドヴァルドがそれに触れる。

『エ、エドヴァルド様！　お許しください！　私は仕事で仕方なく……貴方を疑ってはおりません！　何卒お許しください――』

『なんの茶番だ！　付き合ってられん。帰らせてもらうぞ！』

マティアスが焦った様子で詫びる声や、アンティラ公爵が苛立たしげに帰るとがなる声など、つい先ほどの会話が寸分狂いなく再生されている。

「これは……これは魔力のある人物が持っていなくても、魔道具が正しく作動したことが証明されました！」

その言葉には、国王はじめその場にいた者全てが驚いた。この魔道具は使い方によっては恐ろしい物になる。

人がいなくても録音出来るということは、いつ盗聴されるか分からないということだ。

しかも、その方法を握っているのが、冷徹で名高いユリ公爵ともなると――

脛《すね》に疵《きず》持つ者たちはその時点で、アンティラ公爵を切ることに決めた。ここで下手をうって、ユリ公爵家に疑いを持たれでもすれば、次にこの魔道具の餌食になるのは自分たちに他ならないと察したのだ。

エドヴァルドが念を押すように、彼らに聞く。

「先ほどの証拠も問題ないと認めていただけますか？」

国王は頷き、他の貴族たちも頷く。

そしてマティアスが、国王といくつか言葉を交わした後、長くややこしかったカティ誘拐事件は、ようやく終わりを迎えた。

「──アンティラ公爵並びに令嬢を拘束せよ。第二騎士団による調査結果を待ち、処分が決定される。本日の議題であるユリ公爵への訴えは捏造されたものと認め、完全に疑いは晴れたことをここに証明する」

騎士団の調査にはアンティラ家嫡男のアルヴィが協力した。

アルヴィは少し前から軟禁状態となっていた。

先祖が血の涙を流し、苦心して築き上げてきた誇り高きアンティラ家。それを国のためという大義を見失い、私利私欲のために悪事に手を染めていく一族。

挙句の果てに、この国にとって必要不可欠なエドヴァルドを失脚させ、さらに妹のおもちゃにしようとした二人に心底絶望し、血縁であることを嘆き苦しんでいた。これからどうしようと悩んでいるのに気付かれ閉じ込められていた。

もう少し遅ければ、実の息子であっても意思を失い二人の傀儡《かいらい》となるように薬を使われていたかもしれない。

エドヴァルドのおかげでアルヴィも救われた。

アンティラ公爵家はおそらく取り潰しとなる。アルヴィも被害者とはいえ、処罰は免れないだろう。それでも自分の心の中の義に従ったアルヴィは後悔をしていなかった。

§

「――して、エドヴァルド。その魔道具とやらはどういう仕組みなのだ？」


諸々が終了してから、エドヴァルドは強引に国王の執務室まで連れてこられていた。

魔道具が気になって仕方がないらしい。

エドヴァルドは無表情のまま、国王の言葉を聞いている。

「魔力を持つ者が触らずに音が記録されるとは凄い代物だ。もちろん教えてくれるだろうな？」

「……恐れながら陛下は、信用出来かねますので」

「……それが国王への言葉か？　力になってやっただろう」

国王はむすっとした表情で、エドヴァルドに反論した。

「流れによってはあちらに付くつもりなのではと半信半疑でしたから。アンティラ家に私の身辺調査を命じられたとか？」

エドヴァルドの言葉に、国王が眉を顰める。

「……どこからそれを。あれは、アンティラ公爵を油断させるための手段ではないか。その報告次第で奴の立ち位置が分かるであろう？」

「そういうことにしておきましょう、実際その捏造の情報を下さったことですし。ただ、それでもこの魔道具について詳細はお話し出来ません。またこの録音石が出回らないことだけは約束いたします。私以外の者が取り扱うことは不可能ですので」

「……そうか。王宮で盗聴を心配する必要はないのだな?」

「もちろんです。それと、これから一週間休暇を申請いたします。執務についてはマティアスがしっかりやってくれますので」

マティアスは直接お叱りを受けることはなかったが、一週間もエドヴァルドの代役を押し付けられることになった。

エドヴァルドがそう命じた時、遠い目をしていた。

国王は頷く。

「分かった。色々とご苦労だった。一つ言っておくぞ、私は宰相を必要としているし、そなたの忠心を疑ったこともない」

「光栄でございます。失礼いたします」

こうして、エドヴァルドはカティを連れて屋敷に戻った。

ようやく、全ての憂いが払拭され、日常が戻ってきたのだ。

執事をはじめ使用人たちが喜んで、エドヴァルドたちを迎える。

「――さて」

エドヴァルドがソファに腰かけて、カティの頭を撫でる。

「よくやった」

「ありがとうございます！」

労《ねぎら》われたカティが、嬉しそうに笑う。

そう、実のところ魔力を持った人間が触れずに発動する録音器具なんてものはまだ開発されていない。

あのお茶会の日、録音をしていたのはカティだ。改造されたテーブルの下にこっそりと潜り、クッションとおやつが用意された居心地の良い空間にうきうきで潜んでいたカティが、魔道具を握っていたのだ。

魔力を使いこなせなかったとしても魔力を持っているカティであれば、魔道具が発動出来る。

議会でもレオが押していたワゴンの中にカティがいたのだ。

これが公《おおやけ》になると、カティが警戒されたり、再び狙われたりする危険性が高まることから国王にも伏せたのだった。

カティの頭を撫でながらエドヴァルドが言う。

「――お前が誘拐されたのは、私への恨みや意趣返しのせいだった。これで蹴りはついたが、巻き込んで悪かった」

エドヴァルドがカティに謝る。今回の件では自分が恨みを買ったせいでカティの命が危険にさらされたのだ。

カティは少し驚いたように目を見開いてから、大きく首を横に振った。

「……うん、大丈夫。とう様は何も悪くないいんだから！　それに、私の方こそ迷惑かけてごめんなさい。いままで守ってくれてありがとう。大事にしてくれてありがとう。あの……私、どこに行っても大丈夫だから」

カティは笑顔を浮かべる。

その目に涙を湛えながら。

「何を言ってる？」

エドヴァルドは怪訝な顔でカティを見るが、カティは小さな両手を強く握りしめて、その手に視線を落としている。

「私……孤児院に行こうと思って……」

その言葉に部屋にいた全員がカティを見つめた。

中でもエドヴァルドは少々呆然としたように呟く。

「……また馬鹿なことを思いつくのだな、お前は」

「……私はとう様とは血がつながってない。それに……私なんてとう様の邪魔にしかならないから！」

「お前はほんとうに……。お前は利口ではないのだから、いらぬことを考える必要はない」

エドヴァルドはカティを抱きしめて背中をポンポン叩く。

「でも！　私は公爵家にはふさわしくなくて……」

「アンティラ公爵に言われたのだろう？　あんな愚か者の言葉に惑わされてどうする？　私はお前の父のクラウスを本当の兄弟のように大切に思っていた。子のお前が大切でないはずがないだろう」

いつも冷たく厳しいエドヴァルド。

赤ん坊に無体を働くとんでもない鬼畜。しかしその鬼畜が初めて見せた心の内に、今度はカティが目を瞠《みは》った。

義理の弟を……カティの父を、大事に想っていると聞いて嬉しかった。

そして自分のことを大切だと言ってくれた。お世辞や気休めを言わないエドヴァルドの本音の言葉が胸に飛び込んでくる。

「でも……でも……私、あの鬼ばばあの子で……とう様の大切な弟を殺した犯罪者の娘で……私は……」

カティは分不相応な望みを抱いてはいけないと思いつつ、震え声で言う。

しかし、その声すらもエドヴァルドが一刀両断した。

「お前の母はマーサとミンミだ。父はクラウスと私だ。分かったか？　他の者は関係ない」

必死に涙を堪えるカティを、エドヴァルドは胸に抱きトントンとあやす。

カティは信じられない思いでエドヴァルドを見上げた。

「とう様……」

「それから元ハハト子爵についてだが、お前の側にいたいという願いを叶え、公爵家の馬丁として雇用する」

「えっ」

「お前がこれまでがんばってきた褒美だ」

エドヴァルドの青黒色の瞳がほんの少し和らぐのを見て、今度こそカティの目から大粒の涙がこぼれた。

カティはずっと、元ハハト子爵と会えていなかった。

議会の直前に、少しだけ対面することが出来た。

結局、カティの真実について打ち明けることはなかったが、カティが無事であったことに元子爵は泣いて喜び、詫びてくれた。

「……とう様……とう様……」

涙がほとばしり、カティはまたエドヴァルドにしがみついた。

柔らかな笑みを浮かべたエドヴァルドがゆったりとカティの背を撫でる。

「……アンティラ公爵をはじめ勘違いしている愚か者が多いが、我々貴族に地位と権力を与えられているのがなぜだか分かるか？」

唐突な質問に、カティは首を振る。

「領民の生活を守り、国を支えるためだ。裕福な暮らしも贅沢も社会的責任と義務を果たした対価だ。美しく豪華に着飾り、裕福さを演出することは対外的な信用につながり外交に生かされる。時にはそれを武器として望まない相手を蹴散らすことも出来る」

難しい言葉がつらつらと出てきて、カティは瞬きを繰り返す。

いつの間にか涙は止まっていた。

エドヴァルドは、カテイの涙を拭いつつ、さらに言葉を続けた。

「――我々貴族は、けっして自分たちの私利私欲のためだけに権力を行使してはならない。高位の爵位を持つほど背負う責任と義務は比例して大きくなる。それを果たしてこそ貴族なのだ。貴族としてただ生まれただけでは貴族とは言えない。なのに自分が偉いと勘違いをしている貴族のなんと多いことか。アンティラ家の者どもは公爵という爵位にふさわしい者だったか？　血筋がどうであろうともその責を果たしている者こそ――立派な貴族であると私は思う」

そう言って、エドヴァルドがカテイを見つめつつ、その頭をまた撫でた。

あっ、とカテイは小さな声を上げる。

急に始まった小難しい授業は、今なお自分が公爵令嬢としてふさわしくないと不安に思っているカテイのためだったのだ。

「とう様……」

エドヴァルドの思いやりにふたたび涙が浮かぶ。

だが、とエドヴァルドは言葉を続ける。

「公爵令嬢ともなれば一挙手一投足注目され、言葉一つで引きずり落とそうとする者もいる。自分を守るためにはしたたかさも狡猾さも必要だ。そういう力を身につける必要があるが……」

カテイは自分には無理かもと顔を引きつらせる。

「お前のことは私が守るから、お前はそのままでよい」

「とう様…」

こんな格好のいい頼れる父親がほかにいるだろうか。鬼畜だけど、鬼畜を凌駕するスーパーとう様。父として娘としてこれから上手くやっていけ……

「もう少し教養は必要だがな」

そして、最後に付け加えられた言葉によって、これまでの感動をすべて台無しにされたのだった。

○帰ってきた日常

王女の件、誘拐と立て続けに災難に見舞われたユリ公爵邸だったが、アンティラ公爵が捕縛され、ようやく落ち着いた日々が戻ってきた。

今日は、事件が無事解決したお祝いのパーティが開かれている。

それはミンミや護衛をはじめ心配をかけた屋敷の使用人全員を労《ねぎら》う意味もあった。

ミンミは馬車の中でカティを守り切れず、誘拐されてしまったあの時のことを気に病んで、側付きを離れると言ったが、カティの決め技「かあたま呼び&大泣き！」により、無事回避された。

そんなミンミを一生懸命慰め、励ましていたレオとの距離が近づいているのをカティは見逃さない。

ニコニコムフムフしながら見守っている。

たまにレオが見られていることに気がつき、挙動不審になるレオの姿を見てさらにニヤリと悪い笑いを浮かべる。

(よし、ここはひとつわたくしめが一肌脱ぎましょう)

「かあたま!」

そう言って、よちよちとミンミに向かって歩いていくと、ミンミはしゃがんでカティの全身を抱きしめてくれる。

「かあたま、だいしゅき」

これはカティの本当の気持ちだ。

ミンミも嬉しそうに笑い、カティを抱き上げた。

「カティ様、大変恐れ多いことですが嬉しいです。私も大好きですわ」

カティはミンミにあやしてもらいながら、今度はレオに両手を伸ばした。

「おとうたま」

「へ? 私ですか?」

「とうたま! しゅき」

ミンミは、まあと言って笑うだけだったが、カティのことをよく知っているレオは不審な目でカティを見る。

(まあまあ、そんな顔をしなくても。今から私は二人の恋のキューピッドよ!)

二人を両親と勘違いしたうっかりカティ作戦。

レオに抱っこしてもらえば侍女のミンミはずっとレオの側にいるはず。そして自分をダシにして仲良くなるがよい！

何度もウィンクしてレオに合図を送ると、仕方がなさそうに両手を伸ばすレオ。

レオの手がもう少しでカティに届くというとき――

「幼い故、父がまだ誰か分からないようだな」

低く冷たい声とともにカティはひんやりした冷気をまとった腕に抱き上げられた。

「あ、あの……」

「カティのことは私が見る。二人も楽しむがいい」

エドヴァルドがそう言うと、二人は頭を下げて下がっていく。そしてカティはそのままエドヴァルドにソファに連れていかれた。

「お前の父は私だと先日話をしたばかりだと思うが」

エドヴァルドからは冷気が出ている。

（ひぃぃ⁉　なぜお怒りに？）

「あ、あれはですね、二人の仲を取り持とうと……」

「そうか。レオに父になってほしかったわけではないのだな？」

「もちろんです‼」

カティは全力で返事をする。

「ならよい」

「ん？」

――今、頭のてっぺん、一瞬なんか温かいものがあたったような気が？

そしてご機嫌がお戻りになった様子のエドヴァルドにおやつを食べさせられている。

なんだかノーとは言ってはいけない気配にカティは黙って口を開けてもぐもぐする。

良いタイミングで、ミルクも飲ませてくれる。とう様、ミンミ顔負けだよ。完璧だよ。

少し前から、額にキスしたり、おやつを食べさせてくれたりと何やらスキンシップが増えて戸惑っていたけど。誘拐事件が解決したあたりから加速した気がする。

甘い！

以前も口うるさくて鬱陶しすぎるほど過干渉だったが、今はレオをはじめ使用人たちが我が目を疑うほどカティに甘々で過保護。

エドヴァルドはゆっくりと紅茶の入ったカップを口に運んでこの時間を楽しんでいるようだが、もうそろそろ下りて庭に行きたい。

「とう様、ちょっとおろして」

「どうした？」

「レオとお庭行ってくる」

エドヴァルドは再び少々不機嫌になり、カティを抱いたまま立ち上がった。

「とう様？」

「私が連れて行こう」

「え？　あの……あの……レオにお願いを……」

全く聞く耳を持たず、さっさとエドヴァルドは庭に向けて開かれたガラス扉の方に向かう。

「庭のどこに行きたいんだ？」

「えと……お花畑です」

観念したようにカティは答えた。

カティは花壇に着くとと下ろしてもらい、花を手折ろうとした。

しかし、小さな手ではうまく花を摘むことが出来なかった。

「花が欲しいのか？」

エドヴァルドが手を振るとサクッと何本かの花の茎が切られた。

「うわあ‼　さすがとう様、すごい！　ありがとう！」

カティは尊敬のまなざしでエドヴァルドを見つめる。

そして、切り落とされた花を拾って嬉しそうに花束にした。

「……あのね、とう様にいっぱい助けてもらったからお花を贈りたかったの。レオにリボンつけてもらおうと思ってたの」

「……そうか。ありがたくいただこう」

不機嫌だったエドヴァルドの気配が緩む。

「じいじにあげてもいい？」

そういうとエドヴァルドは再び花を切ってくれた。

ピンクとオレンジの可愛らしい花束を見ながら、カティが呟く。

「この前ね、じいじ、すごく謝ってた。鬼ばばあが私を殺そうとしたことと、クラウス父様を殺したこと」

「そうか」

「じいじのこと許してくれてありがとう」

エドヴァルドがわずかに口角をあげたが黙ったままだ。

それが意味するところを考えるのは少々恐ろしくて、深く考えるのはやめておいた。

それから、パーティに参加せず馬の世話をしている元子爵のもとへエドヴァルドがカティを連れて行ってくれた。

元子爵は頭が地面につくほど、深い礼をとった。

「頭を上げていい。カティがお前に用があるそうだ」

「じいじ……ありがと」

そう言って摘んだばかりの花束を渡す。

「私に下さるのですか？」

「助けてくれた礼だそうだ」

「滅相もない……私は誘拐をした側です。本来ならこうしてお顔を拝見することも出来ない立場ですのに」

「分かっていればいい。カティの気持ちだ。受け取ってやってくれ」

元子爵は頭をもう一度深く下げて花を受け取った。

不思議な力を持つであろう孫を抱いて去っていくエドヴァルドを見送る。

カティを身近で見守る条件として、元ハハト子爵は馬丁を隠れ蓑とした公爵家の拷問部屋の管理人となった。

通常の地下牢よりもさらに地下に造られた特別な部屋だ。滅多に使用はされないらしいが、使用者がいるときはその者の世話と清掃の仕事が与えられる。

もちろん他言無用。怪しい動きを見せたとたんに、自分がその部屋に入れられ、清掃される側に回るに違いない。しかし元ハハト子爵は心からユリ公爵には感謝している。

血のつながりがなくとも、ユリ公爵はカティを大切にしてくれていた。

もう二度と祖父として彼女と過ごすことは叶わないが、彼女の幸せを一生見守っていくと誓ったのだった。

エピローグ① その後の日常

ようやく身の回りが落ち着き始めたころ、カティがエドヴァルドの執務室で留守番をしていると、ノックがありそっとドアが開いた。

ふと見ると見慣れない王宮メイド。

それまでソファの上でごろごろくつろぎながら、魔法の練習をしていたカティはコロンと転がり赤ん坊になり切る。

　掃除か届け物かとなんとなく見ているとそのメイドはエドヴァルドの執務机の上に飾ってある香炉に何か入れるとすっと出て行った。

「あれは！　恋文に違いない！」

　カティはいそいそ、ソファから滑り落ちるようにして降りると机に近づいた。

　しかしさすがに机の上には届かない。

「ふっふっふ。かげろうカティに不可能はない！」

　そう言って引き出しに手をかけた。引き出しを段々に引き出して階段にして上る作戦だ。

「む？」

　しかし当たり前だが、引き出しには鍵がかかっていた。

「なるほど、敵もやるな」

　どこにも敵はいないし、やってもいないが、そう言った方が気分が出る。

　カティは懐に入れていた小剣を、引き出しの隙間に差し入れた。

　そして椅子に手をかけて、足をその剣の柄の部分にかけて、椅子の上によじ登る。

　そして今度は椅子の上に立ち、机によじ登ろうとじたばたしていた時、執務室の扉が開いた。

　カティがそのままの形で固まる。

「何をしている」

　逃げも隠れも出来ない状態で、カティはエドヴァルドに抱きかかえられる。

「お、お帰りなさい。早かったですね？」

「机の防御魔法に反応があった。まさかお前が重要機密書類に手を出すとはな」

「いえ！　こじ開けようなどとしてませんよ？　ちょっと引き出しを開けて階段をつくろうとしただけで……」

カティの言葉にエドヴァルドが机を見ると、隙間に剣が刺さっている。

エドヴァルドは溜息をついた。

「何のために？」

「え～と……とう様への恋文をですね。見て見ようかと思いましてね。うっ……ごめんなさい」

エドヴァルドの眉間にしわが寄る。

「恋文？」

「さっきメイドさんが香炉の中に何か置いていったの。こそこそしてたからきっと恋文だと思って……」

ワクワクした目で香炉を眺める。

「レオ」

「かしこまりました」

呼ばれたレオがどこからともなく現れると、手袋をはめて慎重に香炉の蓋を持ち上げる。

カティが不思議そうにエドヴァルドの顔を見ると、エドヴァルドがむっつりと言った。

「毒への警戒だ。手紙や封筒に染みこませている可能性もある。だから今後むやみに知らないものには触れるな」

なるほどとカティは感心した。そんなこと考えたこともなかったからだ。

それが通常の対応になるくらいエドヴァルドの身の回りは常に危険であふれているということなのだろう。

カティの反応を見たエドヴァルドがわずかに表情を緩める。

「とまあ、これはお前の危機感のなさに対する指導だ。この手紙は私の特務部の部下からの報告だ」

「なんでそんな意味深な方法を……」

「特務部からの報告はここだと決めてある。一見分からぬが魔道具になっている。私が認めたものしか開けることが出来ない。どのみち盗み見ることは不可能だが……淑女としてのマナーが足りんな」

「むうっ」

(そのままのお前でいいと言ってくれたのはどこの誰でしたかね~?)

カティがエドヴァルドのお小言を右から左へ聞き流していると、窓の外の様子が見えた。

どうやら王宮の庭でお茶会が開かれているようだ。

立式でところどころにテーブルがしつらえられていて、結構大規模なお茶会に見える。

カティはそこに顔見知りの令嬢を見つけた。エドヴァルドのせいで胃薬が手離せない苦労人の宰相補佐マティアスの妹シモーヌ・モンクレールだ。

シモーヌは時々、カティに可愛いぬいぐるみや花を刺繍した靴下や帽子を贈ってくれる優しい令嬢だ。

そんなシモーヌを見つけて嬉しくなっていると、その近くに第二王子――リュシフェル王子がいるのが見えた。

今は幾人かの令息や令嬢と話をしているようだが……

(なるほど！　シモーヌ様おすすめです、殿下！)

この御茶会で婚約者候補を見初めるのかもしれないと悟ったカティは心の中でシモーヌを応援する。

エドヴァルドのお小言を相変わらず聞き流しながら、シモーヌを見ていたカティは声をあげた。

「あ！」

「どうした？」

「大変！　ちょっとお茶会に参加してきます！」

カティは身を捩《よじ》るようにしてエドヴァルドから降りようとするが、しっかりと抱きなおされた。

「茶会に急ぐ必要があるなら、この方が早い」

そう言ってカティを抱えたままエドヴァルドは庭に向かって歩きはじめた。

その道中でカティは見たものをエドヴァルドに報告した。

エドヴァルドは庭園につくと、まずはリュシフェル王子に挨拶をした。

「突然お邪魔をして申し訳ありません。いつも世話になっているご令嬢に挨拶をさせていただいてもよろしいでしょうか」

突然カティを連れてきたエドヴァルドに、リュシフェル王子は驚いた様子だったが、すぐに表情を美しい笑みに変える。

「ああ、もちろん。宰相もゆっくりしていってほしい」

「ありがとうございます。では先に挨拶に行ってまいります」

そう言いながら、エドヴァルドはカティを地面に降ろした。


カティはトテテトテと左右に体を振りながら歩いていく。

「まあ。カティ様！　お一人ですか？」

シモーヌは視線を下に向けカティに気がつくとドレスが地面につくのも構わずに、しゃがみこんで視線を合わせてくれた。

カティは嬉しそうに、「ねえね」と言いながら、いそいそとシモーヌの腰のあたりに手をまわしてぎゅっと抱き着く。

それから側にいたエドヴァルドに気がついたシモーヌ嬢が、カティが転ばないように気を付けながら立ち上がり、カーテシーの姿勢をとる。

「いつも兄がお世話になっております」

「いえ、マティアス殿にはいつも苦労をかけている」

「本日のお茶会で宰相様にお会い出来るとは思いませんでしたわ。とても光栄です」

「あなたをお見かけしてカティが会いたいというもので。失礼ながら声をかけさせていただきました」

「まあ、嬉しい」

再びしゃがむとシモーヌはカティを抱き上げた。

「ねえね、ありあと」

エドヴァルドに鍛えまくられているマティアスを、頑張れと笑い飛ばす朗らかなシモーヌ。優し気でお淑やかに見えるが実は剣が得意で、馬も乗りこなすという。

そんな格好のいいシモーヌに憧れているカティだが、兄のマティアスは婚約者がいない妹に嘆いているらしい。

だから、今日のお茶会でシモーヌに素敵な縁がありますようにとカティは願う。

そのためには、怪しい人物を放っておけないのだ。

シモーヌがカティを軽く揺らしてあやしていると、王子がやってきた。

「やあ、シモーヌ嬢。カティ嬢と仲良しなんだね」

「リュシフェル王子殿下。ええ、そうですの」

「意外に子供に好かれるんだな」

「まあ、殿下。剣を振り回す私に似合っていないとでも言いたいのでしょう」

「違うよ、勇ましくて努力を惜しまない格好の良い君も素敵だが、こうして子供を抱いている愛らしい君も素敵だよ」

「殿下……」

シモーヌが頬を染める。それを見た瞬間ニコニコ顔のカティはエドヴァルドに手を伸ばし抱き取ってもらった。

同時にリュシフェル王子がシモーヌに手を差し出した。

「良かったら少し話さないか？」

「はい、よろこんで」

リュシフェル王子はシモーヌの手を取ると、皆が羨望のまなざしで二人を見ている中、少し離れているガゼボまでにエスコートした。

カティがニコニコと二人に手を振り、エドヴァルドには任務成功とばかりに小さく親指を立てたのだった。

それを見ている令嬢はたくさんいたが、その中の一人にカティは目を留めた。

立ち去っていくシモーヌとリュシフェル王子を、一際厳しい目で見ている令嬢だ。

カティはその令嬢のもとにとてとて歩み寄ると、ドレスにポスンとぶつかった。

「え？」

ロザリーが視線を下に向ける。

「ねえね」

カティはロザリーを見上げてそう言った。しかしその瞬間バランスを崩して後ろにコロンと転んでしまう。

「まあ、大丈夫？」

ロザリーが声をかけてくれるが、何かが不自然だった。

カティが手近にあったドレスを掴もうと再びロザリーに手を伸ばすが、そのドレスはスッと離れて再びカティはコロンと転んでしまった（ふりをした）。

汚い手で触られたらたまらないわ、と小さい声が聞こえる。

（ぬうっ。やはり先ほどのもたまたまじゃなかった）

最初に近寄った時も、グイッと押されて転んだのだ。おそらくドレスに隠れた足で押されたのに違いない。

（よし、有罪確定！）

「う、うあ〜ん！　わ〜ん！」

息を吸い込み、大声で泣く。カティに、皆の視線が集まる。

ガゼボにいる王子も、少し離れて誰かと話をしていたエドヴァルドもこちらを見ている。エドヴァルドがカティの泣き声にこちらに向かって歩いてくるのが見えた。

「躓いたのかしら。大丈夫？」

焦った様子でロザリーはカティを抱き上げた。

胸に抱きよせあやすが、ますますカティは大声で泣く。

（ふふふ、幼気《いたいけ》な赤ちゃんを二回も転ばせてただで済むと思わないでよね……たっぷりと涙と鼻水をつけてやろう！）

　カティはロザリーの胸元に顔面をぐりぐりこすりつける。

「うっ……汚な……」

　ロザリーはそうつぶやきながらカティを引き離そうとしたが、エドヴァルドがそばまでやってきたのに気がつき、再びカティを大事そうに抱きしめた。

「よしよし、大丈夫ですよ。お父様が来られたわ」

「ご令嬢、娘が済まなかった」

　エドヴァルドがカティを受けとり、顔を拭く。それからロザリーに視線を向けた。

「娘が何か迷惑をかけていなければいいが」

「いいえ、わたくしも子供が好きなので。これからもいつでもお声がけくださるとうれしいですわ」

　ロザリーはカティの涙と鼻水に怒りを覚えていたはずだが、エドヴァルドに笑顔を見せた。

「あの、私ロザリー……」

「ああ、失礼。もう戻らねばなりませんので」

　エドヴァルドは途中で遮り、踵《きびす》を返すと王子のほうに歩いていった。

「もう、なんなのよ！」

　カティはエドヴァルドの腕の中で、彼女がブツブツ言うのを聞いてほくそえんだのだった。

　そしてお茶会も進み、そろそろお開きになるというころ。一人の令嬢が困ったように何か探し始めた。使用人や近くにいた令嬢令息たちも彼女に注目し、庭の一角が少し騒めく。

「どうしたのだ？」

「いえ、何でもありません！」

ついに王子に問いかけられて、渦中の令嬢は申し訳なさそうに首を振った。

「構わない、教えてくれ」

「あの……母の形見の髪飾りを落としてしまって皆様に探していただいておりました。お騒がせして申し訳ありません。あの。もう大丈夫ですので！」

王子の手を煩わせ、大事になったことに令嬢は恐縮しきっている。

「あの……落としたとは限らないのではないでしょうか」

すると一人の令嬢がおずおずと手を挙げた。これだけ皆が探しているのに見つからないのは暗に誰かがとったのではという仄めかしに、場がさらにざわめく。

令嬢の表情がさっと変わる。しかし事を荒立てたくないのか、彼女はまた首を横に振った。

「いえ!!　本当にもう大丈夫ですので」

「いや、今しっかりと調べないと王宮で働く者、本日茶会に参加してくれたものに疑惑と禍根を残すことになる。申し訳ないがそれぞれの潔白を証明するために皆協力をしてもらえないだろうか」

リュシフェル王子が頭を下げると、髪飾りを失った令嬢は真っ青になった。そこにシモーヌが近寄りそっと背中をさすってあげている。

他の者たちも、王子が頭を下げた以上受けざるを得なかった。

皆が顔を見合わせながらざわざわしている。

ロザリーが皆のその様子を見て、にやけるのを我慢しているのをカティは目撃していた。

（なるほど、こうやってシモーヌ様に泥棒の罪を押し付けようとしていたのね……リュシフェル殿下の婚約者候補から外すために）

エドヴァルドに視線を向ける。すると心得たようにエドヴァルドがカティを抱き上げてロザリーの元へ向かった。

「このまま黙っているつもりか」

ロザリーがばっと横を向くと、エドヴァルドが冷ややかな目で彼女を見ていた。

「な、なんのお話か……」

「お前が髪飾りをとったことは分かっている」

「な！　私ではありませんわ！　酷いではありませんか！」

「このまま身体検査を始める前に名乗り出た方が賢明だと思うがな」

「だから！」

「ではドレスのポケットや胸元を確認するといい」

「あるわけありませんわ！」

しつこいエドヴァルドに証明するようにドレスの胸元にあるかくしを探り……手を止めた。

「どうして……そんなわけ……」

ロザリーは顔色をなくした。

シモーヌのドレスに入れたはずの髪飾りがなぜ自分の胸元にあるのか分からないのだろう。

真っ青な顔をしたロザリーに、エドヴァルドは淡々とした声で告げた。

「さて、このまま黙って検査を受け入れるならそれでも良い。拾っていたのを忘れていたと今ここで名乗りを上げてもよい。自分で決めるがいい」

ロザリーは足をがくがく震わせながら、頭を下げた。

「あの……拾って持ち主を探そうとして忘れておりました。申し訳ありませんでした」

それから、ロザリーは件の令嬢のもとに髪飾りを渡しに行った。

髪飾りの持ち主の令嬢は、大事になる前に見つかり、ほっとしたようにロザリーに駆け寄ると涙を落とす勢いで感謝の言葉を述べた。

しかし、周りの貴族たちはどこか侮蔑するような疑うような目でロザリーを見た。

「みんな、騒がせてすまなかったね。お詫びの品を後日贈るよ。今日は茶会に足を運んでくれたことを感謝する」

王子の言葉でお茶会は終了し、解散となった。


「カティ、よくやった。王子もシモーヌ嬢も感謝していた」

実は、カティが窓から茶会の様子を見ていた時、ロザリーが近づいてシモーヌのドレスに何かを入れているのを目撃したのだ。

何をしているのかはっきりわからなかったが、その不自然な動きに嫌なものを感じたカティはエドヴァルドに道すがら報告し、お茶会に乱入した。

そして、シモーヌに抱き着いた時にそっと探ってみると宝石がついた豪奢な髪飾りが出てきた。

大方、盗まれたと騒ぎだすのだろうと、カティはドレスに鼻水をなすりつけながらロザリーの胸元に髪飾りを押し込んでおいたのだが、まさか他人の髪飾りだとは思わなかった。

「窓からシモーヌ様がたまたま見えたの。見てなかったらシモーヌ様大変なことになっていたかも」

「そうだな。人の話を聞かず、窓の外を見ていたおかげだな」

（……バレてた）

カティはえへへと愛想笑いをする。

「まあいい。今回の褒美を用意しておく」

「やったー！」

カティはワクワクして待った。

未来の王子妃を守ったのだから、すごい褒美かもしれない！


後日、王子からは王族御用達のお菓子が、シモーヌからは刺しゅう入りの可愛い手袋が届き、エドヴァルドからは――直々に剣の指導が行われた。

ここの所ご無沙汰だった鬼畜のトレーニングの再来。

「と、とう様？　これがご褒美？」

「シモーヌ嬢に憧れているのだろう。シモーヌ嬢は剣と乗馬に優れている。カティがあこがれの人に近づくよう協力してやろう。馬はもう少し大きくなってからだな」

「……」

人間と鬼畜とでは「褒美」の意味は違うのだなと涙を流すカティであった。

しかしその剣のトレーニングは意外とすぐに役立つことになる。

エピローグ②　カティ、とう様をもてなす

冷たいと恐れられているとう様だけど本当は優しくて、世界一強くてかっこいい。

鬼畜だけど。本当に鬼畜だけど。

それに優秀だから、王様に頼りにされているのだけど頑張り過ぎなの。

いくらとう様が優秀で凄い力があっても、安らぎの時間は必要だと思う。

だって、人間だもの。

作戦一。王様におねだりしてとう様に休みをもらうの。

「とうたまはわたちより、おちごとがすきなの」

そう言って泣きまねをしたら休みゲット間違いなし！

作戦二。とう様ぐうたら作戦。

いつも何事にもきっちりとして、自分を律しているとう様にぐうたらの素晴らしさを知ってもらう。そしてぐうたらは悪ではない！　ことを力説する。

それを理解してもらえたら、エドヴァルドが床でごろごろしているカティを冷ややかに見ることもなくなるに違いない。

作戦三。可愛い娘からのおもてなし。

スーパープリティなカティの健気なお持てなしに、とう様もさぞかし泣いて喜ぶはず。鬼畜の目にも涙。

（完璧な作戦！）

そう思いながら、カティは思い付きを実行するべく、国王の元へ行くことにしたのだった。

――そして数日後、作戦一の成功により、国王から数日の休みを言い渡されたエドヴァルドはいつもより、ゆっくり眠っている。

いつもなら日が上る前に起きているが、今日はまだだ。

カティはまだエドヴァルドが起きていないのを確認すると、ごそごそとベッドから滑り落ちるように抜け出した。それから廊下に誰もいないのを確認して、小走りでレオの部屋まで行く。

ちなみに、背が届かないから、針金でドアノブをひっかけて開けられるようにしてある。

スパイ気分だ。

レオはもう身支度を整え、カティからエドヴァルドの目覚めの連絡が来るのを待っていてくれていた。

「おはようございます、カティ様」

「おはよう。お願いがあるの。今日のとう様の午前中の仕事お休みに出来る？」

「出来ないことはございませんが。どうかされましたか？」

「せっかくのお休みなのにいつもお仕事してるでしょ？　疲れが取れないと思うの」

カティがそう言うと、レオが表情を緩める。

「かしこまりました。今日の午前中の執務は明日以降に調整いたします」

「ありがとう！　あ、今日のとう様のお世話、私頑張るからレオも休んで！　ミンミも休みにするから二人で出かけてきてね」

「カ、カティ様！　いや私はそんな……いえ、謹んでご命令に従います」

（やっぱり……レオ、ポンコツだな）

「その前に、私は皆に指示出来ないから、手配だけお願いしたいの」

レオは上機嫌で何でも承りますと言ってくれた。

カティが寝室に戻るとエドヴァルドはすでに起きていた。寝起きとは思えぬ美しい顔でこちらを見ている。

（うっ！　起きぬけから眩しい！）

「どこに行っていた？」

「とう様の執務、午前はお休みにしてくださいとお願いしてきたの」

「何のために？」

「えと……私がとう様と一緒に過ごしたいから！」

「そうか」

エドヴァルドがふっと笑い、カティの頭を撫でる。

「朝ごはんは、とう様のお部屋に用意してもらったの」

寝室の隣の部屋に移動すると、そこにはレオが色々準備をしていってくれていたのだが……

「……むむっ……計画失敗……」

「どうした？」

レオに用意してもらっていたのはパンやチーズ、ハム、野菜。エドヴァルドに甲斐甲斐しくサンドイッチを作ってあげようと思っていたのだ。

それが！　小さい体！　小さい手！　届かないし、持てない！

大きなパンをナイフで切ろうとしても上手くいかない。カティはしょんぼりと肩を落とした。

「……とう様、メイド呼んでくる。ごめんなさい」

すると、そんなカティをエドヴァルドが抱き上げて、ソファに座らせた。

「構わない、私がやろう」

「本当？　ありがとう！」

エドヴァルドはパンを適度な薄さに切ると、具材を挟み、サンドイッチを作ってくれる。

カティ用に用意された柔らかくした野菜や卵などを挟み小さくカットしてから口元まで運んでくれた。

レオの用意してくれた食材はすべて上等だった。しゃきしゃきの野菜にカティは思わず笑顔になる。

「うわ～美味しい！　楽しいね！」

「そうだな」

それから一時間ほど、おもてなしするという意気込みはどこへやら、カティはエドヴァルドのもてなしを受けまくることになった。

おもてなし第二弾、今度は癒しタイムの提供。

（……ぬるい……これじゃ駄目だ……）

レオにあったかいお湯を用意してね、とは言っておいた。そしてレオは用意してくれていた。が……当たり前だが、二人がサンドイッチを食べ終わる頃にはお湯が冷め切っていた。そしてカティは水を温める魔法は使えない。

「……とう様。お湯を温めていただけるでしょうか」

結局またエドヴァルドの手を借りることになってしまう。

エドヴァルドは造作もなくお湯を温めてくれ、カティはそこにタオルを入れる。

「あ、熱っ！」

無防備に湯の中に手を入れたカティの小さな手は真っ赤になっていた。

「何をする！」

エドヴァルドはカティの手を掴むと、手のひらに冷たい風を起こして冷やしてくれた。

「ご、ごめんなさい。熱いおしぼりを作ろうと思ったの」

「まったくお前は……」

エドヴァルドは熱いタオルを掴みだすと、お湯を絞ってくれる。

「熱くない？」

「大人の手は大丈夫だ。それでこれをどうするんだ？」

「とう様、ソファに横になって目に当ててほしいの」

エドヴァルドはカティの言うとおりにソファに横になると、ホカホカと湯気の上がるタオルを目元に当てる。ふう、とその口元から吐息が漏れた。

「気持ちいい？」

「そうだな。これはかなり良い」

（よかった……じゃあ、次は……）

カティはソファに横になるエドヴァルドの手を掴むと、むにむにと揉み始めた。

しかしいくら特訓しているとはいえ赤ん坊の力。エドヴァルドの鍛え上げられた剣だこの出来た手をほぐすには力があまりにも足りない。少しマッサージするだけでカティの息は上がってしまった。

「カティ、手を見せてみろ」

数分もしないうちに、エドヴァルドに止められた。

「え？　なんで？」

「手つきが変わった。痛めたのではないか？」

「大丈夫」

エドヴァルドは目からタオルを外すとカティを抱き上げて手を確認した。

赤くなった小さな手を両手で包むと、エドヴァルドは眉間に皺を寄せた。

「私のために、自分を痛めるなと言っただろう。自分に治癒魔法をかけろ」

「……は～い」

自分にビームを撃つ。とう様にも……と思ってから、疲労回復にはそれが一番早かったのではと思い至ったのだった。

そしておもてなし第三弾。今度はライブイベントを楽しんでもらう。

初めのころ、異世界の歌に興味を示していたから喜んでくれるはず。

「一番、カティ・ユリ！　歌います！」

そしてなんとなくうろ覚えだったが、楽しい曲調の歌を大声で歌い始めた。

アルファベットと数字の組み合わせの少女グループが歌っていた、誰かに恋をするおみくじクッキーの歌。振り付けも楽しかったはず、全く覚えていないけど。

短い手足でなんとなく歌って踊る。

エドヴァルドは少し目を見開いたかと思うと、さっと手を振った。

何か、魔法を発動したようだけど、カティは気持ちよく歌い終わった。

「とう様、楽しかった？」

カティはやり切った満足感で鼻息荒く尋ねた。

「ああ、楽しめた」

楽しかったのはカティの方にしか見えないのだが、エドヴァルドはそう言ってくれた。

さて最後のおもてなしは森林浴——もとい庭でのお昼寝だ。作戦二、ごろごろ大作戦でもある。

レオが用意してくれていた織布の上にカティはごろごろと転がり、思いきり腕を伸ばして伸びをする。

青い空と白い雲。時々小鳥が飛んでいくのが見える。

木々の間から差す木漏れ日と、ときおり吹いてくる優しい風。

最高に気持ちがいい。もう、ストレスなんて全部飛んでっちゃう。こんな開放感あふれる気持ちの良い体験をとう様にもぜひしてほしい。

（そしてこれは心身にいいと分かっていただきたい！　決して私が怠けたいだけではございません！）

「気持ちいい〜。とう様も！」

カティが笑顔で誘うが、エドヴァルドは躊躇した様子で寝転がるカティを見つめている。

「駄目？　品がない？」

しかしカティがしゅんとすると、エドヴァルドはわずかに眉を下げて首を横に振った。

「そうではない。有事の際に一秒でも早く対処出来るように屋外で靴を脱いだり、次の対処がしにくい姿勢をとることがないのだ」

「とう様……」

カティはハッとした。

エドヴァルドのこと、まだ全然分かっていなかった。エドヴァルドは貴族として常に自分を律しているのだ。その心構え、責任感に頭が下がる。他の貴族たちに爪の垢を配り歩いてやりたいくらいだ。

「いや、すまない。せっかくカティが私を楽しませるために色々してくれているのに水を差すようなことを言ってしまったな」

そう言うと、エドヴァルドは織布に腰を下ろした。靴だけはそのままで、足を地面に投げ出していたが。

「そもそも屋敷の敷地は私の結界が張ってある。くつろぐことが出来ないのは私の癖のようなものだ。それを超えて色々な体験をさせてくれるお前に感謝している」

カティの顔がぱあっと明るくなる。

「ほんと？」

「ああ」

そう言って、エドヴァルドは一瞬躊躇ったもののカティの横に仰向けに寝転がってくれた。

「ああ、カティの言う通り気持ちが良いな」

エドヴァルドの穏やかな声にカティも嬉しくなる。

「このような景色もあるのだな」

エドヴァルドの少し切なさを帯びたような声に、カティはエドヴァルドの腕のあたりにそっと寄り添った。

するとエドヴァルドが腕でカティを守るように囲んでくれる。

「とう様、時々こうしよう？」

「ああ」

木漏れ日の中、気持ちの良いさわやかな風が吹く。

エドヴァルドの腕に囲まれたカティはその気持ちよさにウトウトし始める。


そんなカティを見てエドヴァルドはふっと笑身を浮かべた。

「お前といると本当に退屈しない」

今日はレオと手を組んで何やらしているようだったが、急に歌いだしたり、こんな屋外で無防備に寝たりするなどと……もう少し危機意識は持ってほしいところだ。

実際、カティの声が漏れないよう急遽防音魔法を発動したり、今も結界に意識を飛ばしたりして防衛を強化している。

結局今日はずっとサポートをすることにはなったが、カティの気持ちがエドヴァルドの心を大いに温めてくれたのだった。

おっちょこちょいで粗忽《そこつ》もの。でも繊細で傷つきやすくて、人の機微に敏感で気を回して空回りをするカティ。

そんなカティだからこそ、エドヴァルドは守りたい、側に置きたいと思ったのだ。

「私の側から離れるな」

そう言うエドヴァルドに夢うつつのカティがむにゃむにゃと口を開く。

「うん。とう様……とう様が父様で良かった……家族になってくれてありがとう」

頭のてっぺんに温かいものが押し当てられた幸せを感じ、カティは心地よい眠りに引き込まれていったのだった。

そして、これから一年後の大事件まで、二人は親子として、上司と部下として、絆を深めていくのだった。

番外編① カティ、お買い物に行く

今日も冴えまくりでお利口！　と自画自賛しながら、カティはミンミと護衛に連れられて街にやってきた。

二歳になって、やっと「会話が出来るようになりました！」という体《てい》で周りと話すようになり、ずいぶんとストレスが減った。

もっとも年齢にしては上手に話しすぎてしまって、天才と呼ばれているけれど、それぐらいは誤差の範囲だ。

念のため事情を知るミルカも随行している。

「とうたま……なにが好き？」

「カティ様からの贈り物ならなんでも喜んでくださいますよ」

ミンミはそう言うがやはり気の利いたものを贈りたい。

こちらの国には父の日はない。そのため、勝手にカティが父の日を決めることにしたのだ。そして日頃の感謝の気持ちに何か贈りたいと、買い物のために街に出る許可をもらったのである。

初め、エドヴァルドは反対し、自分が同行しない外出を許してくれなかったが、しょんぼりしたカティを見た王様が、王族の護衛を貸してくれるといった。誘拐事件が解決したこともあり、しぶしぶエドヴァルドは認めてくれた。

初めての外出に超ご機嫌なカティは、ミンミとミルカ、そして護衛たちといろいろなお店を覗いて歩いている。

（疲れが取れるというハーブティがいいかも、それか執務に使うペンがいいかな？）

もしくは、可愛い娘と一緒に寝るときのおそろいの寝間着がいいかと思いを馳《は》せる。それから、ミンミと護衛の皆さんに聞くと全部がいいのではということになり、全部をお買い上げした。

それも公爵が使用するもの、身につけるものということで品と材質の良いものとなりお値段もそれなりのものになった。

そして護衛の人たちを貸してくれた国王陛下への贈り物。

陛下にはかっこいいお髭《ひげ》を固めるクリームと、カティとお茶会をするときに出してもらうつもりの高級お菓子と……あとはお忍び用の変装セットでいいかと決めた。

これも相手が国王だけに激選された高級品となったため、それなりのお値段がした。

そして初めてのお買い物に興奮していたカティ。

じいじやレオ、ミンミやマーサにも簡単なプレゼントを購入し、自分にもお菓子と大きなぬいぐるみを買った。前世で幼いころに欲しくても言い出すことが出来なかった大きなぬいぐるみを店先で見たとたん、どうしても欲しくなってしまったのだ。

買い物に大満足して、ミルカに怪しい魔法使いの店などないか聞いていたところ――

「ぬっ⁉」

カティは懐に手を入れて引き浮くと、ていっ！　と腕を振った。

「ぎゃあ！」

すると近くにいた男が悲鳴を上げる。男はどこからともなく飛んできた小剣に目を瞠《みは》る。

同時に男の懐から財布が転がり落ちた。

「ど、どろぼう！　この男、私の財布を取ろうとしたんだわ！」

女性が慌てたように叫ぶ。

カティの護衛の一人が男を組み伏せ、騎士に引き渡す。

（ふははは！　見たか、この早業を！）

窃盗の瞬間を見たカティは、身につけても使うことがなかった小剣投げの技を炸裂させた。そしてその結果に大満足して、ミルカの腕の中でふんぞり返っていた。

「カティ様！　何してるんですか！　ばれたら大変なことになりますよ！」

ミルカがひそひそとカティを叱る。

「だって私が大声で泥棒って叫ぶのもおかしいし」

「剣を投げる方がおかしいです！」

「誰も気が付いてないって」

悪人を退治し、満足いく買い物もして、まるで大きな仕事を成し遂げたような気持ちで意気揚々と凱旋したカティ。

エドヴァルドは帰宅したカティからプレゼントを受け取ると、今日の外出はこのためだったのかと知って、カティを抱き上げて額にキスをした。

（……はい……ありがとうございます……）

エドヴァルドのキスにも慣れつつあったが、イケメンからのご褒美はいつまでたっても心臓に悪い。

カティは公爵家の全員にプレゼントを配り終えると、大満足でお昼寝タイムに突入した。

——ちなみにカティは、今日の買い物の支払いが全てエドヴァルドに行くことをすっかり忘れている。そもそも公爵家はつけで購入するため、カティは支払うこと自体を失念していたのだ。

カティが何か閃くたびにエドヴァルドに被害が及んでいることを、お利口カティはまだ知らない。

そして後日、ミルカから窃盗犯を小剣で仕留めたことを聞いたエドヴァルドに、二度とエドヴァルドの同伴なしで外出させないと恐ろしく怒られることもまだ知らない。

番外編② カティ、お祭りに行く

「カティ様、今日からお祭りでございますよ」

ローベンス王国の建国祭が今日から一週間にわたり行われる。

エドヴァルドは建国祭の間も宰相としての仕事に追われて忙しい。カティを祭りに連れていくのは難しそうだった。

「とうたま……おしごと？」

「ええ、お仕事です。エドヴァルド様がお祭りを楽しみにされたことはございませんねえ」

「ん」

（そっか～。とう様、祭りってタイプじゃないもんね。「は？ そんなもの何が面白い？」とか言いそうだし）

お祭りに行ってみたい気持ちはあったけれど、とう様にいろいろしてもらうのも申し訳ない。

そう思ったカティはそれ以上、エドヴァルドにおねだりをしなかった。

しかし、その日の夕方、館の二階のバルコニーにマーサが連れていってくれた。

祭りの初日には、紙と木で作られたランタンが空に舞う幻想的な風景が見られるそうだ。

空が茜色と藍色のグラデーションをまとい始め、どこからか賑やかな音楽が聞こえてくる。

「わあぁ……」

思わずカティの口から感嘆の声が漏れた。

オレンジ色のぼんやりとした輪郭のランタンが空にどんどん上がっていく。とても幻想的でどこか昔を思い出すような切ない光景だ。

いったい、どこでそんな光景を見たのだろう、とカティは自分の過去を振り返る。

それから、小さくつぶやいた。

「……ああ、提灯……」

昔、子供の頃、施設の皆と行った夏祭り。たくさん並んだ屋台、やぐらに提灯。多分二回くらいしか行ったことがない。

みんなでお小遣いがなくて、大人を手伝ってようやく手に入れた小銭を握り締めて屋台を回り、限られたお小遣いをどれに使うか必死に考えた。金魚すくい、ひよこすくいや射的。親に連れられて幸せそうに笑う子供を横目で見ながら、遊技より食べ物を探した。

女の子はりんご飴やわたがしをうれしそうに大事に食べていた。

私は一番腹持ちがよさそうな大きなゲソ天ぷらの串刺しを選んだ。期待一杯に口に入れようとしたとき、どさっと串から抜けて落ちたゲソ天ぷら。

あのときは泣いた。

いらない記憶ばかり鮮明に思い出し、カティの目にじんわりと涙がにじむ。

目をコシコシ拭いていると、それを見ていたマーサもなぜか泣いていた。

その三日後、エドヴァルドがなぜか昼過ぎに屋敷に戻ってきていた。

「祭りに連れていってやろう」

「お仕事忙しいって」

「たまには良いだろう」

有無を言わせないエドヴァルドの様子に、カティはこっくり頷いた。

実はマーサが、お祭りを見ていたカティが泣いていたと報告していたのだ。エドヴァルドと祭りに行けないことが寂しかったようだとの報告にエドヴァルドは仕事を詰め、他人に押し付けてきたと、後にカティはレオから聞くことになる。

ただ、カティはゲソ天に思いを馳《は》せていただけなのだが……

これまでにないエドヴァルドの行動に驚きながら、哀れな宰相補佐は、今日も帰れないかもと心の中で涙を流しつつ、仕事を引き受けたのだった。


街は花で飾られ、あちらこちらにお店が出ている。この日にだけ店を出すために各国から店や人が集まる。

カティは、エドヴァルドに抱っこされながら店を見て回った。

「うわ〜。凄い人」

今日のお祭りは食べ物目当てではない！　今世は裕福な暮らしをさせてもらっているし、以前出来なかったから思う存分遊ぼうと思っていた……のに。

小さなカティが遊べるような祭事はなかった。前世で行ったお祭りは考えたら子供用の仕様だったのだ。

憧れの金魚すくいも、コイン落としも射的もない。

かなりがっかりしたが、エドヴァルドとお祭りに来れたのは嬉しかった。エドヴァルドにも楽しさを知ってもらいたいと、カティは張り切って手を伸ばす。

「とう様、あれ食べたい」

小さくてとんがった形のおかしは、初めて見るものだ。

エドヴァルドに言うと、レオがカップに入ったお菓子を買いに行ってくれる。

何かを薄く切って、三角の形にしてあげたもののようだ。サクサクとしていてとても美味しい。

「美味しい！　とう様も、はい」

手に小さなお菓子を持って、抱っこをしてくれてるエドヴァルドの口元に持っていく。

レオは慌てたが、エドヴァルドは食べてくれた。

「とう様、美味しい？」

「ああ。美味しいな」

エドヴァルドはカティの頭にまた唇を落とす。

（……なぜゆえに）

しばらく街歩きを楽しんでいたが、ある店の前でカティは釘付けになった。

「わあ、おさかな！」

水魔法なのか、球体になった水の中に魚が泳いでいる。それがいくつも店の前に並んでいた。

「すごい！」

カティは感動して、その水の球体を操っている店主に声をかけた。

カティの愛らしい姿に店主が顔をほころばせる。

「お嬢様、ありがとうございます。うちの魚はとても可愛いですよ」

「うん、ほんとに可愛い！」

「手を出してみてください」

そう言われて、カティは躊躇いなく手のひらを出した。

小さいカエデのような手のひらに、小さい水の球がのる。その中には小さな赤い魚が泳いでいた。

「うわ〜うわ〜！　凄い、すごい！　おじさん天才！」

カティの喜びようを見て、レオは硬貨をそっと店主に渡す。

すると、ちょっぴり不機嫌そうなエドヴァルドは、店主に視線を向けた。

「すべての魚を屋敷に届けてくれ」

「え？」

店主が呆然とした表情になり、レオが慌てたようにエドヴァルドの顔を見る。

「エドヴァルド様！　そんなにどうするのですか！」

「いいから頼むぞ。噴水があるだろう、あれの動きを止めたうえで、魚を入れておけばいい」

「とう様！」

カティはぎゅっとエドヴァルドの服を掴んで喜ぶ。

「うわ～！　嬉しい、とう様大好き！」

「そうか」

レオは機嫌が戻ったエドヴァルドを見て悟った。

カティが店主を手放しでほめたことが気に入らず、張り合ったのだと。

しかし、エドヴァルドがこんな子供じみた面を見せたのは初めてだ。

カティはどんどんエドヴァルドを人間らしくしてくれる。人としての幸せを教えてくれると、レオはカティにひっそり感謝したのだった。

屋敷に戻ってから、エドヴァルドはカティの周りをドーム状に水の塊で覆い、その中に魚を泳がせた。まるで水の中で魚と一緒に泳いでいるような感覚にカティは大いに感激し、エドヴァルドを褒めちぎった。

その後、噴水に戻された魚を嬉しそうにいつまでも眺めるカティに満足したエドヴァルドはそのままそこで魚を飼うよう指示した。公爵邸の自慢の庭にある豪奢な噴水に、魚が泳ぐこととなった。

そして、手製のポイを作り、噴水で金魚すくいをしようとしたカティはミンミや護衛に止められた。金魚すくいなる崇高なお遊びは貴族には理解出来ないようだった。

なので、エドヴァルドの帰りが遅い日、カティは部屋をこっそりと抜け出し、庭に出た。唯一の高性能ポインター魔法を広めに明るめに発動することで懐中電灯にして、噴水にたどり着いたのだ。

「ああ、あこがれの金魚すくい！」

金魚ではないけど、ちょっと魚が大きいけれど！

（もしかして流行《はや》るんじゃない？　来年のお祭りで金魚すくいの店でも出そうかしら？）

カティはにんまりしつつ、用意しておいたお手製ポイで魚をすくう。

しかしお利口カティは、落とし穴に気が付かなかった。

小さいカティは、赤ちゃん体型で重心高めで……大きな魚にポイごと噴水に引っ張られてしまったのだった。

噴水なのだからそこまで深くないのだが、ツルツルとした床に足が滑って上手く顔が水面から出せない。

「……ごぼっ……やば……ごぼ……溺れ……」

しかし、ふいに呼吸がしやすくなった。気が付くとびしょ濡れのままエドヴァルドの腕の中にいた。

恐る恐る視線を上げると、相当お怒りなことがひしひしと伝わってくる。

寒さと恐怖で震える。

「……大丈夫か？」

「……大丈夫です……」

「お前が行方不明だと屋敷内は大騒ぎだ。お前は皆から大事にされている自覚を持て」

「ごめんなさい……」

屋敷ではミンミに泣かれ、目を離したことを謝られ申し訳なかった。お風呂に入れてもらい、すぐにベッドで寝かせられたが、翌日しっかり風邪をひいていた。


『院長先生……どうしてお父さん来てくれないの？　私捨てられたの？』

『捨てられたのじゃないよ。君に幸せになってほしいからここに預けたんだ』

『嘘！　そんなの嘘！』


夢の中で、五歳くらいの『カティ』が泣いていた。前世で、いつか自分を捨てた父親が迎えに来てくれるかもと思っていたが、そうではなかった。父親に捨てられたと分かった時、泣きわめいてしばらく誰とも口を利かなかった。

「お父さん……捨てないで……お父さん……迎えに来て……」

全身汗をかき、顔を真っ赤にしてうわ言を呟くカティの側にミルカが付いている。うわ言で万が一おかしなことを口走るのを恐れて、エドヴァルドがミンミを下がらせ、ミルカをつけていた。

本人の調子が悪すぎると治癒魔法で自分を治すことも出来ない。

ミルカは魔法で水を冷やし、布を湿らせると額に当てる。カティの閉じた目からは涙が零れ落ちていた。

父に縋ろうとする悲痛なカティの声に、ミルカの胸が痛くなった。前世もあまり肉親には恵まれなかったのかもしれない。

ミルカはせめて今だけでもと手を握る。

「カティ様にはエドヴァルド様がいらっしゃいますよ。安心してくださいね」

すると、少しだけカティの呼吸が和らぐのだった。

§

熱が下がったカティには、金魚すくいとやらは護衛とするようにとエドヴァルドが許可を出した。

大喜びで噴水の中の魚を手製の道具で掬おうとしているカティの行動を理解は出来ないが、カティの行動原理の一つに前世が関わっていると気が付いた。心残りだったこと、出来なかったことを今世でやっているのだろうと好きにさせてやることにしたのだ。

「存在するだけで面白いとはカティとは何者だろうな」

カティを眺めながらエドヴァルドは言う。

「天使ですよ。エドヴァルド様に幸せをもたらしてくれたのではないですか？」

レオが答えるとエドヴァルドが肩をすくめる。

「天使？　あれが？　聖なるオーラは微塵もないがな」

「そうですね」

レオもそう答えて一緒に笑う。

エドヴァルドと笑みを交わす日が来るとは思わなかった。カティがエドヴァルドに良い影響を与えているのは確かだ。今ではいなくてはならない存在だ。

「とう様〜」

ポイに取れた魚を見せに走ってきたカティの頭を撫でるエドヴァルドを見てレオはそう思った。

この作品に対する皆様のご意見・ご感想をお待ちしております。

おハガキ・お手紙は以下の宛先にお送りください。

【宛先】

〒150-6008 東京都渋谷区恵比寿 4-20-3 恵比寿ｶﾞｰﾃﾞﾝﾌﾟﾚｲｽﾀﾜｰ 8F
（株）アルファポリス　書籍感想係

メールフォームでのご意見・ご感想は右のＱＲコードから、
あるいは以下のワードで検索をかけてください。

アルファポリス　書籍の感想　検索

ご感想はこちらから

本書は、「アルファポリス」（https://www.alphapolis.co.jp/）に掲載されていたものを、
改題、改稿、加筆のうえ、書籍化したものです。

転生赤《てんせいあか》ちゃんカティは諜報活動《ちょうほうかつどう》しています
～そして鬼畜《きちく》な父《ちち》に溺愛《できあい》されているようです～

れもんぴーる

2023年 11月 5日初版発行

編集－古屋日菜子・森 順子
編集長－倉持真理
発行者－梶本雄介
発行所－株式会社アルファポリス
〒150-6008 東京都渋谷区恵比寿4-20-3 恵比寿ｶﾞｰﾃﾞﾝﾌﾟﾚｲｽﾀﾜｰ8F
TEL 03-6277-1601（営業） 03-6277-1602（編集）
URL https://www.alphapolis.co.jp/
発売元－株式会社星雲社（共同出版社・流通責任出版社）
〒112-0005 東京都文京区水道1-3-30
TEL 03-3868-3275
装丁・本文イラスト－椀田くろ
装丁デザイン－AFTERGLOW
（レーベルフォーマットデザイン—ansyyqdesign）
印刷－中央精版印刷株式会社

価格はカバーに表示されてあります。

落丁乱丁の場合はアルファポリスまでご連絡ください。

送料は小社負担でお取り替えします。


ISBN978-4-434-32842-8 C0093